die story ist schnell erzählt: eine junge frau von lebenslustigen jahren fliegt nach mallorca und kommt auf halber strecke zwischen europa und afrika um. sie selbst ist bei aller liebe nicht mehr zu retten, wohl aber das manuskript, das sie bei sich trägt. es ist nur zum teil leserlich, da an den rändern verbrannt, aber eine ganze kommission von sach- und fachverständigen, darunter echte liebhaber, macht sich nun unter der leitung von professor bidabo daran, es herauszugeben. dabei gibt jeder von sich selber preis. daher und noch aus einem anderen grunde die form der buchstücke. die buchstücke sind den keramikbruchstücken des barceloneser architekten don antoni gaudí-um nachempfunden. und sie passen ins I GING und und und. im übrigen spielt der roman im himmel. im himmel über barcelona, der stadt, die für barnarella und cellophan beides zugleich: himmel und hölle ist. musterknabe und mustermädchen in einer stadt zum abheben.

ginka steinwachs, geboren in göttingen; studium der komparatistik bei peter szondi, der religionswissenschaft bei klaus heinrich in berlin sowie der semiologie bei roland barthes in paris; dissertation über die „mythologie des surrealismus". lehrtätigkeit an einer ecole normale superieure, an der schule für dichtung, wien, gastprofessur für poetik an der universität hamburg, dichterseminare. zahlreiche buchveröffentlichungen (z.b. Marylinparis, Eroskop, G-L-Ü-C-K) und theaterstücke (z.b. über george sand und erzherzog ludwig salvator) sowie originalbeiträge in anthologien, literaturzeitschriften; arbeiten für hörfunk und fernsehen; auftritte in filmen (z.b. v. ulrike ottinger); videoporträt (z.b. für arte) u.ä.m. lebt als freie schriftstellerin und performance-künstlerin in berlin und auf mallorca.

barnarella
PASSAGEN LITERATUR

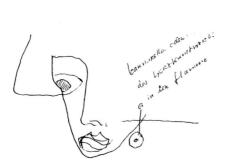

07. 11. 02

ginka steinwachs

barnarella
oder
das herzkunstwerk
in der flamme

Passagen Verlag

*das werk ist mit den mitteln
des deutschen literaturfonds gefördert worden*

*gedruckt mit freundlicher unterstützung des
kulturamts der stadt wien, MA 7.*

Die Deutsche Bibliothek – CIP-Einheitsaufnahme

**Steinwachs, Ginka :
Barnarella oder das Herzkunstwerk in der Flamme / Ginka
Steinwachs. - 1. Aufl.. - Wien : Passagen-Verl., 2002**
    (Passagen Literatur)
    ISBN 3-85165-538-9

alle rechte vorbehalten
1. auflage
© 2002 by passagen verlag ges. m. b. h., wien
lektorat und gestaltung: claudia mazanek
gesetzt in der stone sans os itc
umschlaggestaltung: anna meyer
druck: selecta, mailand

inhalt

kapitel I, fragment 1–8: 16/17
und loses blattwerk
heißt hier soviel wie
welcher von zettels träumen
kapitel II, fragment 9–16: 34/35
die fülle der zeichen aber ist diese:
blut, gestempelter blüten pracht,
das lindwurmblatt in der scheide
kapitel III, fragment 17–24: 56/57
sie tut bei tage blind,
was sie bei nacht hell sieht
kapitel IV, fragment 25–32: 76/77
cellophan sagt:
A chat
B eryl
C hrysolith
verklären dein geschmeide
kapitel V, fragment 33–40: 100/101
die alte zerbrechlichkeit neu und –
sie fällt ins bodenlose wie alice in wund ...
kapitel VI, fragment 41–48: 118/119
gnadenregen auf eine eidotterweich
sich verflüssigende stunde aus holz
kapitel VII, fragment 49–55: 140/141
herzwärts via lorbeerrosen
kapitel VIII, fragment 57–64: 164/165
(T)raumpflegerin und (H)erzkünstler
ergeben durcheinander geteilt
miteinander malgenommen

elf hinweise

wie SIE aus barnarella
ein kapital an lesefreude
herausholen können

heran heran wer lesen kann.

erstens: lassen SIE es sich gut gehen.
anders als sonst. reservieren SIE sich ein
besonderes stündchen zum lesen:
vor der arbeit, vor der abendschau,
im sonnen-mondenschein, mit und ohne musik.
barnarella schenkt IHNEN lachfalten.
das lesen dieses buches ist wie der besuch
eines guten freundes im quartformat und:
er ist immer zur hand.

zweitens: steigern SIE IHREN wunsch zu lesen
zur liebenslust. er kann IHR leben verändern
und SIE zum schriftsteller machen.
denn keiner kann besser schreiben
als er oder sie leSen kann.
oder doch wenigstens zum genießer.

drittens: leSen SIE jedes kapitel mehrmals.
der übergang zum nächsten erfolgt immer noch
früh genug. meistens zu früh.
schopenhauer nimmt sich an den rindern ein
vorbild und nennt das **ruminieren**.
ruminieren SIE jedes fragment, jeden satz,
jedes wort einzeln. lassen SIE es/ihn
genießerisch auf der zunge zergehen.
unter uns: hier wurde jedes wort jeder satz
jedes fragment und jedes kapitel mehr als
einmal geschrieben.
und die optimale lektüre
ähnelt den leSevorgang dem schreiben an.
IHRE geduld wird reichlich belohnt.
das ist ein versprechen.

viertens: unterstreichen SIE sätze worte bilder,
die IHNEN gefallen.
das buch wird dadurch munterer.
für jede lektüre (haben SIE bei peter szondi gelernt)
empfiehlt sich eine andere farbe
aus IHREM set.
so entsteht ein buch in regenbogenfarben.
IHR buch.
denn das buch hat sich an SIE abgegeben.
SIE, der aktive leser, sind sein
verfasser, märchenhaft ausgedrückt:
das tapfere schreiberlein.

fünftens: wie man an einer melodie mehr
freude hat, deren verlauf man schon kennt,
so auch an der sprachmusik.
unterbrechen SIE IHRE lektüre häufig und
horchen SIE in sich hinein.
welche schwingungen verursacht
die seide der gerade gelesenen seite
auf IHRER saite?
eine saite, die mitschwingt,
wird in der musik bordunsaite genannt.

sechstens: vermutlich werden SIE sich im
tagebuch des fragments zu anfang eines jeden
kapitels am ehesten wieder erkennen.
barnarella pro et contra.
auch die widerspiegelung ist ein erkennen,
und das tut gut.
tagebuch tageBAU tageBAUCH.
vielleicht stellen SIE sich anhand dieser fragmente
auch einmal die: **wer bin ich wer ich bin**-frage
und fragen sich (mit andré breton),
welcher einzigen botschaft träger SIE sind,

vorwort

denn SIE sind einer einzigen botschaft träger.
das klingt pathetisch.
stören SIE sich nicht daran.

siebtens: lernen SIE sätze auswendig.
die auswendig gelernten werden SIE
inwendig stabilisieren.
wie es ein stabilimento tecnico gibt,
das sind zum beispiel werften,
so auch ein **stabilimento poetico**,
und dieser roman ist eines davon.
ein roman mit traumschiffcharakter, und?
machen SIE sich eine freude daraus,
laut zu lesen. posaunen und trompeten SIE.
der unmögliche ort wie die badewanne,
wenn das wasser einfließt, ist der beste dafür.

achtens: spielen SIE den roman nach.
bilden SIE in IHRER familie,
im büro ein redaktionskomitee
nach dem muster von fragment **II,10**.
wählen SIE sich selbst den besten part.
hier können SIE sich profilieren.
bücher sind keine toten hosen,
sondern dafür da, gespielt zu werden,
umgeworfen und umgeschrieben.
machen SIE sich und anderen den spaß,
den roman reich zu dramatisieren.
ein zweites dramolett **IV,26** hört hört
steckt noch darin.

neuntens: schreiben SIE barnarella ab.
gestatten SIE sich dabei verbesserungen aller art,
die IHREN schreibfluß in gang setzen.
SIE können es doch bestimmt tausendmal

besser als alle anderen zusammengenommen.
das ist bekannt.
(vergleiche erstes surrealistisches manifest.)

zehntens: zu den neun hinweisen ein zehnter.
stichwort destillat (gerburg treusch-dieter).
der roman ist ein destillat oder moderner und
witziger gesagt: ein gefriergetrockneter text.
gefriergetrocknete texte muß man aber wie
ideen-kaffee mit heißem wasser aufgießen,
damit sie genießbar werden
und ihr volles aroma entfalten.
hm hm. ein genuß. die G-nuß.
ästhetik in der nuß.

elftens: es lebe das fake.
je originaler, desto besser.
ein berühmter autor schreibt winnegans fake .
und wen ich hier gefaked,
das heißt original gefälscht,
das heißt in meiner fälschung überhaupt
erst zum original erhoben habe,
das errät so leicht keiner.
ach wie gut, daß niemand weiß, daß ich
ginka steinwachs heiß.

berlin den 2ten 2ten 2002.

BARCELONA

römische gründung, hauptstadt des autonomen landesteils katalonien innerhalb spaniens auf der iberischen halbinsel. seit den achtziger jahren mehr als zwei (2) zwei millionen einwohner. industrielles ballungszentrum, hafenumschlagplatz. b.......s häusermeer liegt eingebettet zwischen granit & schieferhügeln, wie z. b. tibidabo (532 meter über dem meeresspiegel) und montjuïc. "flow gently sweet llobregat among thy green braës, flow gently I'll sing thee a song to thy praises." hervorragende verkehrslage zwischen flußtal des llobregat und trockenbett des besos. bar=cel(l)o=na, früher residenz der grafen von b., ist heute sitz der autonomen katalanischen regierung unter dem vorsitz ihres präsidenten jordi pujól, erzbistum, heimat zweier universitäten, mehrerer akademien und fachhochschulen, zentrum des katalanischen wagnerkults im gran teatre del liceu, der katalanischen kammermusikfreudigkeit im palau de la musica catalana, nährboden für mehr als ein halbes dutzend theater, in denen abend für abend stücke in katalanischer sprache zur aufführung gelangen. darunter auch das centre dramatic de la generalitat de catalunya oder romeatheater im carrer de l'hospital, in welchem gerade ein von barnarella geschriebenes stück: »s'arxiduc« (zu deutsch: erzherzog), bühnenbild: cellophan, geprobt wird. doch damit löst es sich bereits vom werk, das blatt...

kapitel eins (I) eins, fragment 1–8:

und loses blattwerk heißt hier soviel
wie welcher von zettels träumen

I,1

aus dem tage — sage — fragebuch:

barnarella:
wer bin ICH und wer ist diese firma: „HIMMEL, gesellschaft mit beschränkter haftung", in der ich zu einer unmenschlichen bedingung (conditio sine kanon) rastlos von sonnenauf- bis sonnenuntergang tätig bin?
mein beruf? (g)leitende angestellte der abteilung: das FESTDEUTSCHE als ausdruck unserer zeit, unterabteilung: die idiolektale ausbildung der gegenwartsliteratur am beispiel der sprache von N.N. ((wie im vorlesungsverzeichnis)), fachbereich: realitätskrümmung, neun (9) neun textsorten und ein (1) ein poet, disziplin: der klebstoff in der dichtungsmasse. ich tue bei tage blind, was ich bei nacht hell sehe, woraus folgt, daß ich dann noch oder vielleicht sogar dann erst recht arbeite, wenn ich schlafe. ich schone mich beim schlafen nicht. das hat mir in der firma CEL I CO., wie sie auf katalanisch, CIEL ET CIE., wie sie auf französisch, HEAVEN and COMPANY, wie sie auf englisch heißt, den titel der meisterschläferin eingebracht. in der tat schlafe ich meisterlich. mit keinem anderen wort: wie oft hat mir das überleben von gestern auf übermorgen bereits die sprache, aber nie noch und nimmer den gesegneten schlaf verschlagen. ah, das alphabett.

ah, ah, die ahnmacht der kontemplation. sind wir von der verwertungsgesellschaft wort, die sich auf alles einen vers macht, denn ganz und gar ohnmächtig vis à vis von realität?
wirre kl ICH keit lautet dieser begriff, wie mir beim studium von N.N. ((wie im vorlesungsverzeichnis)) nicht entgehen konnte, in seiner idiolektalen variante. zum exempel: was geschieht, wenn ich mich selbst (das wollustmaschinchen

weib, abgekürzt W.W.) so wichtig nehme wie die geringste meiner akten? meine vermutung geht in richtung wutausbruch und temperamentielle explosion. s p r e n g s t o f f ists, aus dem die tage sind. meine tage werden regelmäßig an- und selten abgesagt. meine tage werden angesagt und hinterfragt.
z.b. will ich es wissen, was meine bisherige scheu vor körpernähe in haupt- & nebensätzen mit diesem urplötzlichen drang nach selbstbespiegelung zu tun hat, die fast an selbstentblößung grenzt? ich ziehe mich ins vertrauen. die beratung findet hinter geschlossenen türen statt. nichts denn dieser eine begriff: f r i d a k a h l o - s y n d r o m dringt nach außen. er meint, so meine ich, ganz einfach, daß alle welt und alle welthaltige welt sich in das barhaupt der malerin hat verschanzen können, die dadurch zur tarotkarte mit der nummer XXI., die welt, el mon, le monde, the world, das universum, der kosmos, geworden ist. so ICH. mein ehr=geiz geht in die gleiche richtung.
die a*n*i*m*a *** m*u*n*d*i in der k a t h e d r a l e d e s k o p f e s. (auf das kathedralenbild des kopfes bin ich bei der wiederholten benutzung eines walkmans gestoßen.)
oh, über die utopie!
ausrufungszeichen. idiolektale variante: diese ausrufung gibt uns ein zeichen. irrealis. potentialis. realis. also ist, wenn ich mich selbst, die minuskel b., abbilde, darin welt, die majuskel W., immer schon enthalten. und warum nicht gar als bewältigte welthaltige welt? ich g i e r e nach welt, welthaltiger bewältigter welt. ich möchte mich durch einschaltung in ihren stoffwechsel osmotisch mit ihr austauschen.
und wo bleibt das DU, welches er mir eine meile über dem boden der erde ((idiolektal: erde (w)erde erde)) angeboten hat? cellophan, c e l l o p h a n, CELLOPHAN, der ro-mann, dessen name in das puzzle von BAR=CELO=NA paßt wie nur mein eigener, kein fremder name: barnarella.

I,1   19

wer ist cellophan? er ist gesteinssammler, maler, bühnenbildner und (&) und HIRT DES STURMS. wo?
AUF SEINER TRAMONTANA **** SCHAM*GÜRTEL. wie
hat man uns getroffen, dadurch daß wir uns trafen, und
worum geht es bei unserer begegnung? um die steigerung
ins ermeßliche.
ins ermeßliche?
nahes echo.
fernes echo.

I,2

DER BUCHSTABE ZITTERT NACH PRÄZISION
DER BUCHSTABE ZITTERT NACH
DER BUCHSTABE ZITTERT

... hier ... ist ... mein ... spiegel. und nun schauen die anderen, es sind mitglieder des redaktionskomitees „das
postbarocke temperament in seinem BARCEL-
(L)ONESER element" nacheinander hinein.
als erster tilby, dann cello, dann ruach, dann ... und ... und
... und dann. darüber später mehr. nacheinander hinein. ...
dann ..., und weil ICH ihnen die sprache verschlage – der
buchstabe zittert nach präzision –, darum verschlägt es
ihnen buchstäblich die sprache. sie stammeln. ((ich
denke an diderots brief über die taubstummen à l'usage de
ceux qui entendent et qui parlent.)) sie stottern „EIN
BLOSSER TITEL". ich sage mir: der idiolekt (abgekürzt I.) ist
eine sprache, in welcher eine zunge (das pars) sich mit
einem körper (dem toto) verständigt, der sowohl kopf wie
seele haben kann. für die verbal-agglutinate des I. zeichnet
der spikative (1) verritive (2) rotative (3) zungenschlag ver-

antwortlich. er steht selbstlos im dienst des signifikanten.
der signifikant ist aber ((mit de saussure)) ein akustisches
bild oder besser: die lautseite des wortes im gegensatz zu
dessen sinnseite, an der sie alle hangen. faustregel: wird
die lautseite eines wortes „lyrisch" betont, dann ist es bis
zur „ primären setzung" nicht mehr weit.
sie stammeln. sie stottern.
imaginez autre chose.

KEIN
BLOSSER
TITEL:

barnarella, alias N.N. ((wie im vorlesungsverzeichnis)),
auch die n==aive n==ative flügelleichte dichterin und wurzellose **D**ilettantin des wun**D**ers vom **D**an**D**ysmus der armen ist ((im sinne von sein im gegenzug zu scheinen oder
scheint)) eine frau aus wörtern ((((der bald barcelona
als turm aus lettern entspricht)))), alphabettlerin am
buchstab oder queen of table-writers. sie wirbelt
als originalkopistin durch die liebe laue luft des heimi-
schen (losen) blätterwaldes, hat es inne, das amt der teilhaberin einer bank namens „welthaltigkeit von welt", ist
an den hochglanzpolierten metallknöpfen ihres jacketts
kenntlich als schriftboy im hotel vier jahreszeiten
der bundesrepublikanischen literatur, lebt am abgrund des
kraters der existenz in sogenannten „„„sieben == zeilen ==
stiefeln"" und zwar auf großem vers*fuß, gilt als explora-
terra-ristin und als freibeuterin der unbewußtseen, wird als
universa-lilie, da steckt universalie drin (wie die tarotkarte
mit der nummer XXI.), gepflegt, als papiersiegerin ge-
fürchtet und als *fl ffll ffflllluxus* geschöpf gehätschelt, bedarf kein geblähtes NICHTS, hat (in form von ginkalitzchen) a=l=l=e=s und fließt davon über, ausgerechnet –
„platsch" – ins noch viel meer, das noch viel meer

aus...
tausendundeiner
    tausendundmeiner
        tausendunddeiner
            tausendundunserer
                tausendundeurer
                    tausendundihrer
                        nacht.
ah, die ahnmacht der kontemplation. im übrigen kann man von ihr sagen, daß...
ja, sie *proustet*.
jaja, sie *rollt joyce*.
jajaja, sie konzertiert +++ aber unter umgekehrtem, nämlich maximalistischem vorzeichen +++ in der *gertrude stein way*.

I,3

l!a   c!o!m!m!u!n!i!o!n   s!e   f!a!i!t
e!n   s!i!l!l!e!n!c!e

festdeutsch: das guten (h)abend(t) sua fata libelli-mahl wird schweigend eingenommen.
hamburger abendblatt – letzte seite, letzte spalte:

katastrophenmeldung.

      barnarella tot.
in der nacht vom ersten auf den zweiten ist das maskottchen der bundesrepublikanischen literatur, die flügel-leichte, wurzellose barnarella mit vielen anderen beklagenswerten opfern

auch, bei einem flugzeugunglück auf halber höhe von europa nach afrika, nach palma de mallorca und vor barcelona, ihrem zweiten wohnsitz, ums leben gekommen. das manuskript ihres dritten städte-, eines barcelonaromans, welches die verblichene bei sich trug, soll kurz vor der vollendung gestanden haben. es handelt sich dabei um eine computerabschrift (vielleicht sind irgendwo noch unversehrte disketten erhalten?), die kurioserweise an allen vier rändern in brand geriet, so daß alles äußere und äußerliche versehrt und nur noch das innere und innerliche erhalten geblieben ist.

der deutsche literaturfonds, welcher ihre arbeit mit einem jahresstipendium gefördert hatte, hat im auftrag der deutschen akademie für sprache und dichtung sofort ein intimes team von experten an die unglücksstelle entsandt mit dem auftrag, zu retten und zu sichten, was zu sichten und zu retten ist. dem vernehmen nach klagen die forscher, die sonst wohlauf sind, aber bereits jetzt über strengen brandgeruch in der nase, welcher sich besonders beim umblättern des losen blattwerks unangenehm bemerkbar macht. einen notizzettel, den barnarella am unglückstag bei sich trug, hat die kommission indessen bereits zur veröffentlichung freigegeben.
darauf steht (grün auf weiß zu lesen):
:::::::::::::::::::: „die verwandlung des herabgestimmten dunkel kammer (W) estdeutschen ins heraufgestimmte funkel kammer (F) estdeutsche eine leistung???
meine aufgabe in der firma: heaven limited (ohne anführungsstriche) ist die signifikantenpflege der deutschen sprache zu ehren von deren orchestrierter kammermusikalität. aber ohne das N.N.sche ((wie im vorlesungsverzeichnis)) wörterbuch, welches die jacobine & wilhelmine grimm-sisters mit den mitteln der stiftung preußischer kulturbesitz herausgeben, ist diese arbeit aussichtslos. und das N.N.sche ((wie im vorlesungsverzeichnis)) wörterbuch

ist über die zweite lieferung mit den buchstaben e—h noch nicht hinausgelangt. die einzige alternative, welche ich im rahmen des ehrgeizigen projekts meines dritten und vorletzten städteromans sehe, beruht auf der übernahme der konsonanten fmsb wtc und der vokale üööäu der schwitterschen URSONATE oder SONATE IN URLAUTEN und erbaut daraus im zuge einer *evitischen namengebung* ein neues babel mit namen BARCELONYLON, das die form der schwitterssäule oder des turmes von b... wahrt und nur das merzkunstwerk ins herzkunstwerk verdichtet.
schwitters' merzkunstwerk ging im winter 1944/45 bei einem alliierten bombenangriff in flammen auf.
ich stehe, seit ich mich dem roman zugewendet habe, selber lohend wie eine schwitterssäule als herzkunstwerk in der flamme."::::::::::::::::::::::::::::::::::::::

I,4

~~~~~~~~~~~~
~ EINSCHUB ~
~~~~~~~~~~~~

barnarella: der sprengstoff, aus dem die tage sind.
hilfe, jetzt bin ICH tot. vergleiche das *dpa-foto* mit den manschetten des stils am ärmel und der goldenen sicherheitsnadel im gurt für den (un)fall der fälle. (ab)hilfe: ICH sind viele. vergleiche: das einzahl-wir im mehrzahl-ich.
entrée des médiums.
wie gesagt: cellophan tàpies brossa dalí & miralda liegen auf meiner frequenz. was cellophan anbelangt, vergleiche den bildner im bild seines ateliers an der costa brava.

I,5

stichwort:
wortstich:

A   wie amor geht
B   wie barnarella und
C   wie cellophan vor.

auftritt der held ((die steigerung ins ermeßliche)) und liebesromann. auftritt der held. ((die steigerung ins ermeßliche)) er ist bei herabgestimmtem bewußtstein ((ins ermeßliche)). (später mehr über the fantastic voyage in the remotest recesses of the human mind.) sein asphodelisches lid ist nachtblau gesenkt. seine sinnesorgane sind nach innen fest zugezurrt. die spannerraupe zieht sich zusammen, bevor sie sich ausdehnt. er ist morgentrunken von seinem lager am meer der halbinsel »el sortell« aufgestanden und hat allsogleich steine gesam-melt. cellophan wie **C**, dem barnarella wie **B**, der amor wie **A** vorgeht, sammelt gesteinsbrocken.
amor?
der stein, den cellophan betrachtet, spricht. le langage des pierres. die sprache der steine ist geträumt. ein mineraler onirismus. später wird die gesteinssammlung konzentriert in den lattenrost eines bettes eingebaut. eine minutiöse betrachtung erfordert stunden. ein stein, der wächst. er wächst in seinen augen. la pierre philosophale. die operation lautet auf anamorphose.
auftritt der held ((die steigerung ins ermeßliche!)) und liebesromann. auftritt der held ((die steigerung ins ermeßliche!)). er ist wie die spannerraupe ((ins ermeßliche)) bei herabgestimmtem bewußtsein. sein asphodelisch nachtblaues lid zieht sich zusammen, bevor es sich ausdehnt. ah, die ahnmacht der kontemplation.

heute hat cellophan (in barnarella eingeschlossen) die weibliche gottheit (?) und frau mit schatten und frau mit (W)eib=eigenschaften und frau mit (M)und/ter=leib in den geo=ro=mantischen schichten seiner wachsenden steine erkannt und malt sie ab, und malt sie ab, und zwar folgendermaßen:

A
in *yang*richtung von unten nach oben:

die füße	ocker
die knöchel	blau
die waden	schiefer
die knie	granit
die oberschenkel	kreide
die scham	schwarz
die hüfte	crême
die taille	marmoriert
den rumpf	weiß
die brüste	gelb
den hals	braun
den kopf	ins rote
das haar	gemischt

es geht um die fünfzigste fassung (idiolektale variante: Wiederholung der Niederholung) der mnemosyne ((göttin gen der erinnerung)) oder des schlafenden strandes. von barnarella ist bekannt, daß sie gut schläft. sie arbeitet im schlaf-voll-zug.

B
in *yin*richtung von oben nach unten:
steine werden ihr zu eiderdaunen. entsprechend stellt das ölbild eine der länge nach nackt ausgestreckte frau auf steinen dar. sie heißt: „die meisterschläferin" und illu-

striert eine tugend: die alte zerbrechlichkeit neu (idiolektale variante: odorato cantabilene). das geleitwort zum bild heißt: lippenkuß-reiß-verschluß. sie bietet es auf den spröden lippen feil. seine malbewegungen sind wie die von (T)raumtänzern à la bob wilson verlangsamt. theater ist dada, wo oben und unten ist. dada ist theat-ER. (theat-ER ist ein festdeutsches pendant zum begriff der phanta-SIE, den sich barnarella mitunter anzieht.)
und auf den lippen schnee. bilabialer sprachfluß. seine malbewegungen sind in der Niederholung der Wiederholung wie die von (T)raumtänzern à la bob wilson verlangsamt.

auftritt der held ((s.o.)). der held der liebesgeschichte ist ein romann ((s.o.)). und zwar folgendermaßen: seine sinnesorgane sind nach innen (wie im isolationstank von dr. john c. lilly, darüber später mehr) fest zugezurrt. die spannerraupe zieht sich zusammen, bevor sie sich ausdehnt. das lid ist in der trance-séance gesenkt. darüber leuchtet grün sein asphodelisches scherbengesicht.
barnarella als göttin gen der erinnerung, als mnemosyne und schlafender strand, als meisterschläferin und angebetete aprikosenmimose schlägt derweil die euangelischen augen auf.

wie rosa dieser stein aus wachs auf der leinwand erglüht.

ein wind geht durch die staffelei. es ist kein nordwind von der anderen seite der berge, wie man in den vier katalanischen ländern inklusive prinzipat von ihm zu sagen weiß, für deren alltag er von anbeginn der zeit an so wichtig war, daß man seine haupteinfallsstellen im rhythmus der jahreszeiten in windkarten vermerkt hat. ende der anmerkung.
der held des romans ist von beruf und leidenschaft HIRT DES STURMS.

barnarella (abgebildet), sieht ihn und denkt: der hirt
des sturms auf seiner tramuntana scham gürtel.
cellophan denkt: wann führe ich meine herden wieder auf
augenweiden wie barnarellas scham?
de aliquis una tibi. von diesen allen eine, deine stunde
der geburt, der liebe, der sommersonnenwende nach dem
frühlingserwachen, des glücks, des todes.
carpe horam. halte die stunde, welche auf einer uhr, die
nach der venus und mit der venus nachgeht, fest. barnarella (abgebildet) und cellophan (bildend) bewegen sich.
(T)raumpflegerin und (H)erzkünstler ergeben miteinander malgenommen, durcheinander geteilt das juwelenpaar.
vorsicht, ~~~ sChWeBeNsGeFaHr! ~~~
vorsicht, ~~~ ScHwEbEnSgEfAhR! ~~~
sie laufen an den nackten strand aus wie farben. sie verlaufen sich im meer aus
tausendundeiner
       tausendundmeiner
              tausendunddeiner
                      tausendundunserer
                             tausendundeurer
                                    tausendundihrer
                                          nacht.
sie laufen aus und verlaufen sich. das meer in hohem bogen
schlägt große wogen. sie essen meeresfenchel (fenoll mari)
und nehmen dich und mich und uns füreinander ein.

I, 6

nicht leyer! – noch pinsel! – eine wurfschaufel für meine
muse, die tenne heiliger literatur zu fegen!

hier spricht (mit hamann, dem magus des nordens)
HYAZINTHE NARZISS vom V.S. (=verband deutscher schriftsteller). ich flechte mich in das gespinst meines vorredners, welcher einen tränenreichen nachruf auf barnarellen gehalten hat, lose ein. vergolderin wollte sie werden... den abglanz von sonnenauf- in sonnenuntergängen hat sie gesucht ... sie hat so leidenschaftlich gerne geschlafen, gegessen, geliebt und luft geholt, einfach luft geholt, so. die meisten ihrer atem-züge verraten ihren schrift-zug. und umgekehrt. oder auf (F)estdeutsch gesagt: und vizepräsidentin adversa. diese koppelung von natur (im atem-zug) und kultur (im schrift-zug) befähigte sie in den augen aller welt zur „wahrlatanin" zur „(T)raumpflegerin", zur „hypnodiseuse". (k)ein bloßer titel.
damit bin ich wieder beim thema meiner vorlesungs-verlesung:

von
         der oralen urszene
bis
         zum konzept des kilometers schrift.

das thema klingt vielleicht kompliziert, ist aber keineswegs anmaßend. denn. denn. denn: erstes organ von welterfahrung bleibt für sie lebenslänglich *vermutlich darum, weil er zu kurz gekommen ist* der *mund*.
(vgl. auch (1) die wortneuschöpfung „„der mann im mund"" und (2) die primäre setzung „„der mond im mund"".) der mund ist aber kein ganzes, wie sie uns fälschlich immer wieder glauben machen will, sondern bloß ein teil. er fungiert, auf unser tägliches brot bezogen, als organ der einfuhr, die importstation des körpers; auf unsere verständigung untereinander bezogen, als organ der ausfuhr, die exporthalle des leibes, indem er das einheimische wort ins ausland der ohren des nachbarn

befördert; und der mund ist, auf unsere interaktion bezogen, im kuß nämlich, ein organ der verschmelzung. in dieser seiner trippelfunktion ist der mund einmalig. im kuß (festdeutsch: lippenkuß + reiß - verschluß) zieht er – anatomisch: vestibulum oris – sich sogar noch den ehrentitel: vestibulum amoris zu. (über das verhältnis der „phono-logischen opposition" zwischen den worten *oris* und *amoris* beim nächsten exkurs mehr.)
speichelflüsse.
herzensergüsse.
lebensüberdrüsse.
... liebesgrüsse?
passion=aria.

ich halte hier inne.
das „konzept des kilometers schrift" scheint mir dagegen um wieviel mehr eines noch entlegeneren ursprungs zu sein. andere autoren schreiben pro tag nach der formel: ≈nulla dies sine linea≈ eine seite und lassen das lose blattwerk damit sein bewenden haben. warum mußte dieses alles – mit chiasmus – alles dieses, für barnarellen dergestalt wahnbrechend und fundamental anders sein?
kunst, ein wort, das nicht von können, sondern von müssen kommt, wie tilby sagt, fängt für sie mit dem wörtchen a∞n∞d∞e∞r∞s an. daß etwas eines etwas anderes sei, ist ein grundsatz ihrer ästhetik.
das obbesagte „„konzept"" geht auf einen, im asiatischen raum dokumentierten, schamanistischen ritus zurück. und zwar werden von den besorgten eltern für schwächliche kinder ex officio beim zuständigen „geistlichen" sogenannte lebensbrücken deponiert. das sind ballen von reiner seide oder von zarter baumwolle, deren länge (tendenz unendlich) sich nicht mehr in zentimetern oder in metern, sondern nur noch in kilometern messen läßt. wortstich / stichwort: dammbau gegen den tod. der inkantative

charakter ihrer schrift. ihre vorliebe für eine von den russischen formalisten als „transmental" begriffene sprache, eben den idiolekt, in dem sich die einsame hieronyma (k)anonyma im gehäus mit sich selbst (dem alter ego) über sich und die welt verständigt. huldigungsformeln. beschwörungsprosa. über die deutsche sprache überhaupt und über die sprache der angeli musicanti.
silberstreif am horizont. die utopie, daß poesie, dann, wenn sie mit engelszungen redet, die babylonische sprachverwirrung ordnen kann. eine anrufung ex voco.

I,7

cellophans himmelssturm

es spricht der meister:
fasse den vogel beim schwanz, cellophanschwinge die peitsche***breite als reiher weit weit flügel aus***. und nun spiele melodisch das ruggiero-cello, wie sehr dein herz auch pocht***wenn du erst den tiger umarmt hast, dann kannst du wohlgemut zum berg montseny zurückkehren.***

es spricht cellophan:
ich fasse den vogel, es ist ein fasan, beim schwanz ich schwinge als hirt des sturms auf seiner tramuntana scham gürtel die peitsche***ich trete hinter barnarella, die andere meiner selbst zurück***und wehre den affen ab ***ich (f)liege***ich fliege im liegen***wolkenhände links und wolkenhände rechts strecken sich nach mir***in richtung auf meinen tantrischen leib***aus. ich verwandle die bloß geschwungene in die gewundene peitsche.***

es spricht der meister:
*** fasse zum wiederholten male den pfauen *** beim schwanz *** stoße vor zum siebengestirn *** stoße vor zu den sieben sternen in barnarellas milchstraße *** gut so *** weiter so *** der klitoridale kamm *** den vaginal ein brunnen nahm *** tritt hinter sie zurück und (be)reite die pega-suse *** ihr leib wärmt prächtig *** deshalb dreh dich getrost um *** und streife mit einem bein *** es das spiel-kühnste *** den lotus ***
***
***
***

I,8

barnarellas garten e(r)den-trip
(eine peep-show der ewigen ICHkeit)

im steinwachs-figuren-kabinett der lüste:
+++paradiesisch diese unter-ab-art himmel +++ barnarella staunt +++ überall liebende aller 3 (drei) 3 lebensalter in schmetterlings- oder was das gleiche mit einem anderen worte besagt: tantrischen positionen +++ sie jubila-jubilauchzen mit dem körper +++ in allen poren +++ atmen an den gliedern freiheit +++ und sind wie ein einziges auskomponiertes gloria in terris anzusehen +++ frieden ist uns hienieden +++ die liebste musik +++ sagen sie mit der sängerin josefine von franz kafka in der manier +++ von allerlei arche lona-getier +++ die landschaft +++ ein déjà vu +++ gleicht einer orangen- +++ plantage +++ darin reift die e-rose (festdeutsch für des eros stilblüte) +++ nach der dotterweich gekochten dalí-eizeit +++ unter silberig ge-

schmolzenen uhren +++ ((uhren, die nach der venus +++ und mit der venus nachgehen)).
die zeit streikt.
+++ sekunden sind im minutentakt +++ von stundenbüchern +++ jahre. ((vgl. den sprengstoff, aus dem die tage sind.)) +++ mondmünder +++ mundmonde. +++ diejenigen aber, die eingebildete +++ wonnen +++ ausgebildeten +++ sonnen +++ zuschreiben, suchen das licht +++.
wir überspringen hier einiges.
«»«« mon amour »»» sagt phanta-sie.
»»» mia amor-abesca ««« schmeichelt theat-er +++ pandämonium +++ traute zweisamkeit +++
die reise nach indien +++ führt offenkundig +++ von der alten route ab +++ und in neuland hinein +++ eine terra incognita beata +++ die heute nichts geringeres ist +++ denn der welt (anima mundi) (T)raum selber. +++

b/a/r/c/e/l/o/n/a
m/a/g/i/c/a

a modo de introduccion.
desde el siglo XIII, cuando albergaba hospitalariamente a cabalistas, magos y astrologos de universal renombre y de muy diversas procedencias, sino desde mucho antes, bar= cel(l)o = na siempre fue un centro aglutinador de heterodoxias, de todo lo que ahora, con cierto recelo, llamamos »magico«, »raro« o »misterioso«.
ciudad cosmopolita desde antiguo, en la que se realizaron los mas variados intercambios tanto comerciales que culturales, BARKE LUNA ha desempenado a lo largo de los siglos un papel sumamente importante en la historia del ocultismo en europa. los magos, los brujos, los astrologos, las pitonisas y las sociedades secretas siempre proliferaron en ella; antes en el silencio y la oscuridad, ahora abiertamente, a la luz del dia, anunciandose incluso en la prensa.
la presente GUIA DE LA BARCELONA MAGICA se propone...

kapitel zwei (II) zwei, fragment 9–16:

die fülle der zeichen aber ist diese: blut (1)
gestempelter blüten pracht (2)
das lindwurmblatt in der scheide (3)

.

II,9

aus dem tage — sage — fragebuch:

barnarella:
WIE war das, als cellophan (wortspielerisch pro forma profan) in mein leben getreten ist? und zwar trug sich das zu nach der berühmten formel in ihrer berüchtigtsten gestalt: vorher*nachher (lat. ante quem*post quem, engl. the day before*the day after). ich sage mit peter greenaway gegen peter greenaway immer: A BED & TWO NIGHTS. Niederholung der Wiederholung: WER ist diesER gesteinssammler, maler, bühnenbildner, arcimboldianer und HIRT DES STURMS auf seiner tramuntana scham gürtel eigentlich an sich und für mich? ein vorfahr, ein karrierebegleiter, ein später gott? der elektrisch-blaue funken springt über. mit uns versuchen sich zwei in explosion befindliche feuerspeiende berge an friedlicher koexistenz. ich signiere als (h)ecce homo. er unterzeichnet als vulkanischer (H)eros pro domo den vertrag zum wechselseitigen gebrauch der geschlechter. er unterzeichnet geschlechterdings den vertrag. es geschieht in »el sortell«, trägt sich zu auf unserer halbinsel. von der firma: himmel, gesellschaft mit beschränkter haftung bis zur formel: himmel erreicht, es ist (((phonologisch))) nur ein kleiner schritt. in der bucht liegt unser (T)raumschiff der liebe, (f)liegt das (D)u-boot der lust.
die steigerung ins ermeßliche führt empor empor endlos auf einer rolltreppe, den ramblen?
sie bringt mich durcheinander. meine sinne flattern und die buchstaben zittern nach präzision.
ein hermeneutischer und ein narrativer code. polyglottes stimmengewirr. und alle diese vielstimmen sind ich, betrachten die kathedrale meines kopfes als ihr refugium.

floskel:
A   wie...mor geht
B   wie...arnarella und
C   wie...ellophan vor.
aber erstens ist ((cellophan)) kein mohr und zweitens muß es ((für mich)) immer schokolade sein.
erratum?
cello profan und ich pro forma (be)stehen im sternbild von dr.med.U.S.A. – der sarottimohr will auch sein wörtchen mitreden. das I GING, der sarottimohr will auch sein wörtchen mitreden, sagt: GOTT tritt dunkel asphodelisch hervor im zeichen des erregenden, des donners. er macht alles euangelisch, hell und völlig im zeichen des sanften oder des windes – er läßt, die spannerraupe zieht sich zusammen, bevor sie sich ausdehnt, die geschöpfe einander erblicken im zeichen des haftenden oder des feuers; UND setzt sie als HERZKUNSTWERK IN DIE FLAMME. lichterloh.

II,10

ori = chi = nal:
mögen die seelen unserer vorfahren es diesen worten gestatten, zu EUCH, o glückseliges paar aus leser & leserin, vorzudringen!

DRAMOLETT (1)
oder: la table rondeau
oder oder: neun (9) neun faciunt collegium musicum

ort: sitzungszimmer der Festdeutschen akademie für sprache und dichtung auf der darmstädter rosenhöhe, welcher es noch am vorgesetzten E des eros fehlt.

zeit: es ist mai, und die puderrosen stehen in voller stilblüte. signatur wird natur.

dramatis personae:
professor tilby, alias doktor bidabo, alias kandidat dab., alias student o., präsident.

cellophan, hirt des sturms auf seiner tramuntana scham gürtel, vizepräsident.

r.(punkt) u.(punkt) a.(punkt) c.(punkt) h.(punkt): (doppelpunkt), der regisseur und alles andere auch vom barceloneser romea-theater, stellvertreter des vizepräsidenten.

sarotti a.(punkt) mo(h)r, privatsekretär der großfürstin barnarella von sperma aus dem lande phallus—t, schriftführer.

dr. herma phrodt, advocata diaboli, direktorin des hamburger instituts für sexualforschung im magnus hirschfeld-zentrum, vizepräsidentin adversa.

adam k.(punkt) dämon, lies ADAM KADMON, ihr einer wissenschaftlicher

und andreas kühn, lies ANDROGYN, ihr anderer pseudowissenschaftlicher assistent.

die jacobine & wilhelmine grimm-sisters, ein siamesisches zwillingspaar, herausgeberinnen des lexikons der festdeutschen sprache, des idiolekts von N.N. ((wie im vorlesungsverzeichnis)).

die ur-szene spielt, wie bereits der monat mai sagt, im turbu=lenz.

herma phrodt:	zur sache, meine herren, der roman steht
adam:	er besteht aus bruchstücken
mohr:	erzählungsbruchstücken
andreas:	satzfetzen
tilby:	fragmenten
jacobine:	diskontinuität
wilhelmine:	in der kontinuität.
cellophan:	theorie der
ruach:	täuschung. sein kern hat sich gespalten
cellophan:	gespalten in endlich viele elementarteilchen wie
wilhelmine:	elektronen protonen und
jacobine:	neutronen.
tilby:	er ist postmodern explodiert. (eine hiroshima mon amour-form).
andreas:	weh.
adam:	und ach.
herma phrodt:	es gibt für uns als herausgeber nur eine lösung. die losung heißt: bestmögliche rekonstruktion.
tilby:	seit wann ist das ganze das wahre?
cellophan:	ich schwöre aufs détail.
ruach:	ich habe das atommodell des romans fast fertig.
adam:	das wird eine schöne sagrada familia=imitation der kathedrale ihres kopfes sein.
andreas:	und das glückselige paar aus leser&leserin?
herma phrodt:	nein, so billig kommt es mir nicht davon.
mohr:	merzkunstwerk, schwitterssäule, turm von barcelonylon, barke luna.

herma phrodt:	schreiten wir zur abstimmung.
	ich plädiere ein für allemal dafür, die syn-thetische leistung
mohr:	der erektion
herma phrodt:	an den betrachter leser lek-akteur zu übertragen.
mohr:	es sei.

II,11

der malER tàpies über das MEDium brossa: die freundschaft mit brossa, den ich (((der leser))) als schriftsteller täglich mehr und mehr bewunderte, ist eine der größten ruhmespalmen meines lebens (((lovely vita))). wie oft ich ihm nicht gesagt habe: wir können uns glücklich preisen, freunde zu sein und gemeinschaftlich sachen zu machen, vielleicht wie ibsen und grieg... wer weiß, ob über uns nicht eines tages das gleiche gesagt werden wird wie über sie: daß wir nämlich ein land (((die katalanische funkelkammer))) und einen historischen moment (((die dauer des augenaufschlages zweier ei(n)blicke))) in seiner fülle verkörpert haben (((die verkörperung des ganzen ist die wahre))).

**una fulla groga
ein gelbes blatt**

TELE=GRAMM:
die letternpersönlichkeit mit groß B. ((wie bimbo bombist)) aus: „"das postbarocke temperament in seinem barceloneser element"", ist der größte katalanische DICHTER (in der tradition von maragall und verdaguer) des jahrhunderts, eine art shakespeare des flow gently sweet llobregat

among thy green braës, flow gently I'll sing thee a song to thy praise, welcher im jahre des HERRN 1919 in der ricard wagnerstraße von gràcia (einem barri oder stadtviertel im westen barcelonas), das licht der welt erblickt hat.

    una fulla verde
    ein grünes blatt

```
     -------------
         ...........--
     P   O   E   M
         ................--
     -------------------......A
         ...........-.......-
         ...........-....-
         ...........-....-
         ..........-....-
```

                                      (poster poema von 1967.) stop. ein gedICHt::: sein colt. zusammen mit tàpies, tharrats, sert und pons begründer der avant-garde-zeitschrift DAU AL SET (deutsch: würfelwurf der sieben). gemeinsam mit tàpies wiederentdecker des italienischen gesichtskünstlers f.r.é.g.o.l.i., dem beide ein **b**lutrotes **b**uch (abgekürzt B.B. widmen). FREAK FREGOLI gehört als erfinder der semi-performance (((in deren fahrwasser auch barnarella segelt))) unbedingt (festdeutsch: conditio sine kanon) in die urgeschichte der moderne mit hinein, an der einmal ein anderer geschrieben hat, wie sie einer werden wollte.

    una fulla vermella
    ein rotes blatt

warum nicht für frégoli das abecedarische kunstwerk der letternpersönlichkeit mit groß B überhaupt mit dem sizilianischen titel (frégoli war neapolitaner) elegia:

e = l = e = g = i = a

A B D F
G   IJKL
MNOPQR
STUVWX
YZ.

(((von don joan brossa gibt es später auf dem montjuïc tore, brücken, bogen und arrangements aus buchstaben und das theater »espai brossa«))). der mittelweg ist der einzige, der nicht nach rom amor führt.

**una fulla marron
ein braunes blatt**

der apostrophierte dichter und erste internationale vertreter der stilrichtung BOMBISMUS, versteht (das weitere idiolektal) diese sack & asche - gasse für phö***nixen auf 365 verschiedene arten und weisen in 364 theaterstücken zu meiden, von denen erst jetzt, die ersten zwölf ihre volle bühnenwirksamkeit entfalten

**una fulla blava
ein blaues blatt**

vaig fent (zu deutsch: ich fahre fort), sagt die letternpersönlichkeit mit groß B wie klein b wie barnarella, die heroine dieser eros biosgraphie und leuchtet plötzlich auf (((der elektrisch blaue funken springt über))) in einer vitrine des warenhauses EL CORTE INGLES auf der plaça de catalunya im herzen der city

**una fulla grisa
ein graues blatt**

joan brossa, für den leben nicht mehr als alltag zu sein braucht, schaut auf seine füße.
ara ja no vull cap altre pedestal que les sabates.
dem prototyp des dichters im XX.sten jahrhundert reicht das paar schuhe als sockel für die ewigkeit aus.
nachtrag:
das MEDium brossa über den malER tàpies: mich verlangt nach deiner gesellschaft (((in der gemeinschaft der säulenheiligen der barceloneser kultur))), tàpies. ja, mich verlangt sehr nach deiner gesellschaft. wir haben jetzt beide die gleiche zündkraft (((für unser herzkunstwerk in der flamme »»»la rosa de foc«««))), die gleiche auge-in-auge-idee (((eine mediale übertragung))), uns steht beiden auf schritt und tritt das gleiche schauspiel vor der bewegten seele, wir haben beide an der gleichen brown'schen bewegung teil, die zentripetale kräfte in der kunst zu zentrifugalen umverlagert, unsere seinsweisen ähneln sich zum verwechseln, weshalb ich dich als konsistenzrat apostrophiere und du mich als geheimen herrn quintessenz titulierst, und wir zäumen das gleiche cavall bernat auf. herrlich ist das, hei!

II,12

harmonia microcosmica
****

tàpies an teresa:
geliebte – estimada,
ich bitte DICH herzlich, mir die nachfolgenden materialien

für einige neue bilder, die ich zu machen gedenke, einzukaufen:
- - ein kilo äpfel (rote)
- - ein laken (doppelbett)
- - drei körbe (nicht sehr groß)
- - mehrere paar weißer socken
- - verschiedenfarbige papierschlangen
- - eine katalanische fahne (((die quatre barras oder vier **rot**-nationalen blutstriche auf gelbem spanischen grund)))
- - ein schulschreibbuch
- - taschentücher (zum schneuzen)
- - eine orange
- - eine tüte mit karamelbonbons.

II,13

interstiz des wunders

ort: eine meile über der erde (w)erde erde in des himmels (T)raum
zeit: dann, wenn
a .... punkt mo(h)r
b .... punkt arnarella &
c .... punkt ellophan
         vor geht.

es gibt immer nur 2 (zwei) 2 möglichkeiten. mit keinem anderen wort: das geschehen bewegt sich innerhalb der spielregeln der terrestren physik.
entweder die liebenden begegnen einander frontal, d.h. brust an brust wie in einer törnhalle,

oder sie stoßen dorsal, d.h. rücken an rücken, zusammen in der disco »la paloma«.
die dritte (3tte) dritte möglichkeit ist als satz ganz ausgeschlossen (impossible) und nur als absatz wirklich:
die liebenden begegnen einander im (f)liegen, was sie zu einem synonym von gustav theodor fechners hochzeitsfackeln der engel und damit zu einem lohenden herzkunstwerk in der flamme macht, das über der anarchistischen barceloneser feuerrose aufflackert wie zunder. sie stehen jetzt hoch über der erde (w)erde erde und haben den himmel, die gesellschaft mit beschränkter haftung, eindeutig erreicht. da wehen sie.
barnarella sagt vom hirten des sturms: wolken sind sein (ps)alter ego, wind ist sein celestes spieglein an der wand. da wehen sie. da, wo sie ineinander verschlungen sind, geht es lang. cellophan sagt von der dilletantin des wunders vom dandysmus der armen: A...chat, B...eryll, C...hrysolith, D...iamanten, E...lfenbein, F...ederwerk, verklären ihr geschmeide. *** die fülle der zeichen aber ist diese: blut (1), gestempelter blüten pracht (2), das lindwurmblatt in der scheide (3)*** (aus der serie: paraphrases qui cognent à la vitre) ((unter dringendem kapiteltitelverdacht festgenommen)).
der sarottimohr überspringt hier einiges.
       gravi === TAKT === ion.
cello tost als sturm.
und barnarella-mnemosyne, die frau mit schatten, mit (w)eibeigenschaften, mit (m)unt/t/erleib läßt sich davon mitreißen. es ist eine meile über der erde (w)erde erde.
mineraler onirismus.
die sprache der steine und der stein der weisen. jedenfalls sehen die türme der sagrada familia kathedrale auf der plaça de las glorias von hier oben immer dann wie kleine zierliche sprengköpfe aus, wenn die liebenden sich als in

explosion befindliche feuerspeiende berge an friedlicher koexistenz versuchen. (H)ecce homo und vulkanischer (H)eros pro domo ergeben miteinander malgenommen, durcheinander geteilt, das juwelenpaar.
zeitgleiche. eidotter. die buccale betäubung.

ein windstoß, der von den klösterlich abgeschiedenen montserratbergen herkommt, erfaßt die liebenden und löst sie in eins.
nach den spielregeln der terrestren physik, die hier außer kraft treten, gibt es immer nur 2 (zwei) 2 möglichkeiten: entweder das (T)raumschiff der liebe steigt und das (D)u-boot der lust sinkt oder das (D)u-boot der lust steigt und das (T)raumschiff der liebe sinkt.
man muß auch sinken können, um zu steigen.

II,14

sar otti a. punctus mohr
architectus africanus erexit:
gestatten, darf ich vorstellen, privatsekretär der großfürstin barnarella von sperma aus dem lande phallus-t. wir leben in einem glashaus (((vergleiche pierre chareaus maison de verre bei andré breton von 1928))).
SIE — und ich.
SIE — unter einer gläsernen decke.
ich — auf gläsernem boden.
SIE — an einem gläsernen schreibtisch.
ich — auf einem gläsernen pfühl.
ich halte die pfauenfeder der kalifen von bagdad in der hand und den jules verne-grünen bildschirm einer textverarbeitungsanlage im auge.

ich behalte den katalanisch: ordinador, französisch: ordinateur, deutsch: computer im auge.
SIE — diktiert oben.
ich — ediere unten.
idiolekt: ein astro-softes durchscheinen der kosmischen oktave.
festdeutsch: kos—mich, kos—misch, kos—m—elegisch.
symphonie der sympathie.
SIE kaptiert ströme, nennen wir sie wellenlängen, via satellit IIa. ich halte den ausfluß ihrer eingebung ((l'illumination vient ensuite)) bewußt in den grenzen von punkt und komma. und so, durchlauchtes leserpaar von der guten alten exquisiten schule der neubegierde, gehe ich vor. sie können mir übrigens gerne über die ((warme)) schulter schauen bei der reinschrift.
„„„ "load barnarella, 8". run return. "list vizawrite, 8,1."
run return. F five directory. F one edit an old document.
F three edit a new one. name: cello eighteen. line 85, col 9. ""
es geht um die quadratur des kreises. barnarella sieht das trigon der drei L, des ludischen llullischen und lukullischen als kreis. es geht um sätze. haupt & nebensätze, unter & obersätze, parataxen, hypotaxen und (g)rundsätze. (mit dem festdeutschen ausdruck des G-rundsatzes ist ein runder satz, der seinen grund in sich selber trägt, und das ist auf dem gebiet der ästhetik die primäre setzung, gemeint.) der curser blinkt.

ich liebe die großfürstin barnarella. wußten sie es schon?
es gibt sympathicus & vagustypen. mein herz pocht frei nach kunstwerk. immer dann, wenn der MPS 802 (wie eine ansammlung von römischen sklaven) losrattert, dann bin ich so frei und streichle vermittels der pfauenfeder ihr geschlecht. das geschlecht der frau mit schatten, mit weibeigenschaften, mit (m)und/t/erleib ist, wie sollte es an-

ders sein, ein mund. bilabiale sprachströme fließen. das anatomische vestibulum oris (hier liegt der mund begraben) wird zum vestibulum amoris (resurrexitur – erwartung). der matrix-drucker steigert seine geschwindigkeit. cellophan ist ihr fourierscher «pivot» oder hauptliebhaber, und ich bin der alleruntertänigste diener ihres lieblichen leibchens. orgasmus.
barnarella fällt. das beben der konvulsivischen schönheit, die von eben der zukunft prall angefüllt ist, welche andere schreiber billig auf den markt der gegenwärtigen trends werfen, geht durch das glashaus und rüttelt unseren blätterwald auf. wir haben die oberkörper entblößt und lassen die herzen sprechen. geh aus IHR herz, sage ich. geh aus SEIN herz, sagt sie. unsere leiber ((hinter glas)) sind elektrisch erleuchtet wie vitrinen.
und da kommt sie schon, die
N S P R L T N oder auch
I I A A I O endlich:
i*n*s*p*i*r*a*l*a*t*i*o*n
feueräugig, beritten, wie von sehr weit her. ich überspringe hier einiges. des jorge luis borges confabulatores nocturni nennen es am hellen tag »von ultra aurora et ganges«.

II,15

r. punkt u. punkt a. punkt c. punkt h. punkt, der hispanische regisseur und – wie bereits sein name sagt – alles andere als „ach", läßt die katze aus dem sack:
fümms bö wö tää zää Uu,
..............................pögiff,
..................................kwii Ee.
soweit die einleitung (eins) 1 (eins) zur URSONATE oder

SONATE IN URLAUTEN von don kurt schwitters, dessen säule, das merzkunstwerk, diesem herzkunstwerk — auf dem wege der übertragung ins mediterrane — leuchtendes vorbild ist. ich lasse die katze aus dem sack, wie bereits der name sagt, und möchte zeigen, wie das herz-merz-kunst-werk aus mitlauten (konsonanten) und selbstlauten (vokalen) gemacht ist.
„„ die sonate besteht aus 8 (acht) 8 sätzen, einer (1ner) einer einleitung, einem (1nem) einem schluß, und siebentens (7tens) siebentens einer kadenz im vierten (4ten) vierten satz. ““
mich interessiert im auftrag des redaktionskomitees oder red.kom. von seiner rosenhöhe in darmstadt, wie es gemacht ist. in diesem zusammenhang (((schwitters germanicus architectus erexit))) sind zwei (2) zwei konstruktive aspekte wichtig, die ich mit meinem verehrten akademischen lehrer roland barthes (aus papa-riri-bisi-bise) einmal découpage und agencement nennen will.
„„ der erste satz ist ein rondo mit vier (4) vier hauptthemen... den rhythmus in stark und schwach, laut und leise, gedrängt und weit usw. empfinden sie wohl selbst. ““
ich rekapituliere: wer oder was ist barnarella denn?
gleitende angestellte der firma: himmel, gesellschaft mit beschränkter haftung, deren abteilung: klebstoffe und dichtungsmassen, unterabteilung: neun (9) neun textsorten und ein (1) ein poet sie vorsteht. parallel zur strukturalistischen tätigkeit der découpage, einer schriftstellerischen betätigung, die nicht ohne schere auskommt, läuft im romangebäude die surrealistische tätigkeit des agencement, einer furie des klebens.
wortstich / stichwort: barnarella ist ein pattextyp. festdeutsch: sie liebt pattexpatterns. für die strukturalistische tätigkeit des auseinandernehmens spricht im roman dessen gliederung in acht (8) acht kapitel à (8) acht (8) fragmente. acht fragmente mit acht kapiteln malgenommen

ergeben die magische zahl 64 (vierundsechzig) 64. das I GING oder chinesische buch der wandlungen hat 64 (vierundsechzig) 64 bestandteile. und 64 (vierundsechzig) 64 kilobytes hat der computer, den der sarotti mohr für sie in betrieb setzt. ((aber erstens bin ich kein mohr und zweitens muß es immer schokolade sein.)) wider die strukturalistische tätigkeit des trennens und für die surrealistische aktivität des zusammensetzens spricht darin das amalgamieren, das agglutinieren, das stiften von heimlichen liebesbeziehungen zwischen den teilen. nicht nur die worte, sondern auch die mitlaute (konsonanten) und selbstlaute (vokale) font l'amour.

....
ich zitiere: Oooooooooooooooooooooooooooooooo,
....
dll rrrrrr beeeee bö,
dll rrrrrr beeeee bö fümms bö,
... rrrrrr beeeee bö fümms bö wö,
.... beeeee bö fümms bö wö tää.
.... bö fümms bö wö tää zää,
.... fümms bö wö tää zää Uu .

zum exempel manifestiert sich diese liebe der lettern zueinander im turmbau von BARCELONYLON. dieser turmbau hat ja einen anfang, nämlich die begegnung der liebenden (amantes amentes = amentes amantes) im (T)raume eine meile über dem boden der wirren klICHkeit der erde (w)erde erde und kein ende. ein sachtes klimpern von kacheln und klinkern, quadern und blöcken, glas- und metallteilen, die der waagerechten des koordinatenkreuzes der stadt am llobregatfluß den tribut aufkündigen und sich schnurstracks in die vertikale begeben, wird darin buchstäblich. oder anders gesagt: die barke luna der erfindung erhebt sich wörtlich von einer der länge nach (wie der schlafende strand) ausgestreckten lage und geht hoch. sie geht solange hoch, bis sie als schwitterssäule endlich

die wolken übersteigt. noch höher. sie geht solange noch höher, bis das firmament der firma: himmel, gesellschaft mit beschränkter haftung, erreicht ist. solange geht sie hoch und höher. diese firma hat in der pedrera (siehe dieselbe) direkt unter den glockentürmen der sagrada familia kathedrale des don antoni gaudíum ihren festen sitz. dieser feste sitz aber ist der allerhöchste. bei dieser gewaltigen, einer die menschliche männliche potenz in jeder weise überbietenden erektion, bleiben die gebäude in ihrer früheren identität zwar erhalten, aber sie werden, was der schreibschrift der verfasserin, vogelfreien koautorin und originalkopistin dieses skriptes des öfteren passiert, illisibel.
sie verschwinden in der masse baumaterial.
sie werden amorph.
diese, ihre unleserlichkeit als kathedrale, oper, große musikhalle, theater etc. ist der preis für den vertikalen impakt, der sich gewalttätig über die horizontale weltanschauung hinwegsetzt.

II,16

fragment für eine assemblage der stadt barcelona als schwitterssäule ::::::: das haus der temperamente ... wie himmelsrichtungen ... wie winde ... ist in mehreren güssen ((F)estdeutsch: Niederholungen von Wiederholungen) aus den mit- und selbst-lautenden urlauten einer sonate gemacht und heißt schwitterssäule. es besteht aus dem stein der weisen im plural, hat viele stockwerke und wechselt mit seinem eigentümer, dem menschen, in seiner neigung von der lustmordhöhle der thriller ... zur großen grotte der liebe ((welche der cavernöse cellophan gerade

als bühnenbild für barnarellas metastück: »»»s'arxiduc««« ausgestaltet)). das haus der temperamente hat eine abecedarische veranlagung, wie es der heimat für letternpersönlichkeiten vielleicht entspricht. durch den konstruktiv bedingten wechsel seiner inklinationen bietet es jedem mitglied des fan clubs: „" das postbarocke temperament in seinem barceloneser element"" einen sogenannten deutschen „ort irgend", in form einer abgesicherten antwort auf die philosophische frage: wo wo WO WO ist das utopische irgendwo?
das merzkunstwerk erlöst die temperamentenheimat ARCHE LONA aus deren horizontaler dämmerlage zur freischwebenden vertikalen. seine immense ausdehnung reicht weit. und zwar vom hausberg des tibidabo im norden zur kolumbusstatue am hafen im süden. was dazwischen verkehrt, sind die flanierstraßen der rambles, der passeigs und travessies. über die rambeln ist zu sagen, daß sie als aufzüge und fahrstühle: marke: „empor empor endlos" benützt werden. beiläufig: ein hannoveraner modell, made in germany.
dieses führt vom keller unter dem souterrain und unter dem mezzanin oder hochparterre und unter der bel étage über das sogenannte STEINWACHSFIGURENKABINETT DER LÜSTE und das fast gleichlautende STEINWACHSFIGURENKABINETT DER FRÜSTE in die schwindlichte höhe der sagrada familiatürme des obergeschosses oder atico hinauf und trägt ikarische absichten im schmiedeeisernen kombinierten aluminium-plastikbusen. heimlich: die schwitterssäule der stadt, welche an der babylonischen sprachENTwirrung arbeitet, warnt: keine wiederholung der biblischen not. kein turmbau zu babel. (überinterpretiere ich hier oder macht sie sich nicht geradezu zum apostel der horizontalen weltanschauung?)
lassen wir revue passieren: es war einmal... da ging das feucht-fröhliche barcelona, katalanische hauptstadt, mit-

telmeerhafen, industriemetropole, sitz der künste, aus seiner breite also in die höhe ... das „es war einmal" ist noch ... distanzen schwinden ... sie werden ... so ... gering.
der stadtkern, eine ehemals römische bastion, verliert ebensowohl an luftraum über wie an grund unter sich. es wird grundlos. dem können nur grundsätze und primäre setzungen genügen.
durch diese anhebung aus der senke allein aber wird sein bezug zur erde nicht fraglich.
das verursacht vielmehr ein technisches wunder. dieses besteht aus einem ensemble von schwammwerk und schwellkörpern, wie herma phrodt vom hamburger institut für sexualforschung es von ihren untersuchungen zur männlichen potenz her kennt. es ist also anthropomorph.
die säule ist in den getrübt-trüben wassern des hafenbeckens also weder verankert, noch in die nahegelegenen molen einbetoniert, sondern ruht an pfosten, pfeilern, streben statt auf dem ausladendsten aller einladenden luftkissen, dem berüchtigt-berühmten pfühl der ele— phanta—sie auf und besticht durch ihre hingegengegossene, in einem wort „elegante" schaukellage.
aus städtebaulichen trümmern (don antoni gaudíums keramikbruchstücken) wie ein riesenpuzzle zusammengesetzt, mit dem mörtel der deutschen syntax gebunden, von den mit- und selbstlauten der ursonate verziert, schaumgeboren wie die liebesgöttin aphrodite, stellenweise (besonders in der gegend um die plaça reial, wo barnarella wohnt und cellophan ihr beiwohnt) nach der märchenformel: knusper knusper knäuschen auch eßbar, ersteht in der columna don kurt schwitters ein volkspalast, ein kulturpalast, ein palast nicht zuletzt auch für poesie. ((bitte nach IHNEN allerwerteste allergnädigste deutsche sprache.))
faktum: nachts, wenn spezialmannschaften der N.A.S.A. auf dem gegenüberliegenden empire state building mit einer uniform von nachsicht ihre nachrichten auffangen,

hat man sie selbst (nämlich transpa—apparent) schon bis nach übersee leuchten sehen.
sie strahlt übrigens an sich aus sich für uns wie nur das kunstwerk selber, welches auch als leuchtfeuer vorkommt.
vivat, vivat, ein dreimal hoch auf die transpa—apparenz!
leuchtfeuer und herzkunstwerk in der flamme ist dieser bau als... achtes (8tes) achtes... weltwunder... ein onirikum von mondialem maßstab, eine gebaute ==== und in stein wie ein orgelton ausgehaltene ==== trance-séance: das monstrum metropole oder M.M. wie es gerade nicht im bilderbuche steht.

n
o
t
a

b
e
n
e
:

einmal im jahr, nämlich an des merzkünstlers don kurt schwitters' geburtstag, dreht sich die säule zum lauten gebell von sibirischen schlittenhunden 360 grad um ihre eigene achse und wird aus diesem solemnen anlaß ((zum behufe der nachahmung imitation und mimesis)) als modell in verkleinertem maßstab in schokoladenguß von der stadtverwaltung persönlich an die einwohner verteilt, welche ihre stadt in der bonbonnière des mundes genüßlich auf der zunge zergehen lassen. für diese großangelegte aktion zeichnet der junge farbenprächtige antoni miralda, dessen portrait hier noch fehlt, verantwortlich. happening. fluxus. eat-art.

U. Hälfte \ O. Hälfte	☰	☷	☳	☵	☶	☴	☲	☱
☰	1	11	34	5	26	9	14	43
☷	12	2	16	8	23	20	35	45
☳	25	24	51	3	27	42	21	17
☵	6	7	40	29	4	59	64	47
☶	33	15	62	39	52	53	56	31
☴	44	46	32	48	18	57	50	28
☲	13	36	55	63	22	37	30	49
☱	10	19	54	60	41	61	38	58

barcelona vella
oder: casc antic
oder barri de la mercè, barnarellas stadtteil
UN CREIXEMENT VERTICAL

a partir de la segona meitat del segle XVIII comencen a aixecar-se pisos sobre els vells casals gotics, trencant-se aixi l'equilibri i donant passes accelerades envers la densitat increible que fins fa poc no ha comencat a minvar.
el problema arrencava del creixement demografic en una ciutat on des del segle XV no es va crear cap barri nou.
»el crecimiento se realizo en los tres siglos posteriores dentro del recinto amurallado en detrimento de los espacios libres.«
l'aprofitament de l'espai fins a extrems increibles ...

kapitel drei (III) drei, fragment 17—24:

**barnarella tut bei TAGE blind,
was sie bei NACHT hell sieht**

III,17

aus dem tage—sage—fragebuch:

barnarella:
wer bin ich? wer bist du? wer sind unsere vorfahren? wie leben sie in uns und wie leben wir in ihnen weiter? die stunde null überleben ist alles ((vgl. the day before the day after)).
ich wiederhole mich leidenschaftlich: was ist das für eine firma: heaven limited oder „HIMMEL, gesellschaft mit beschränkter haftung", in der ich zu einer unmenschlichen bedingung (conditio sine kanon) seit mehr als einem vollen jahr sekundenprosa im minutentakt von stundenbüchern verfasse und an dem sprengstoff arbeite, aus dem die tage sind? weh und ach über les tres belles heures de barnarella superstar. mein herz verblutet. herzwärts via lorbeerrosen ist kein reim auf mein gedICHt. aber cellopahn widerspricht.
und ich frage weiter: wer ist diese: ICH bin da und erst recht diese: ICH bin da, wenn sie diese ICH bin nicht da oder doch wenigstens diese ICH bin nicht mehr da oder diese ICH bin noch nicht da, wird?
auskunft gibt innerhalb einer eßbaren wohnung (darüber später mehr) im goldenen wachzimmer (jetzt weiß) neben dem rosa schlafzimmer (jetzt kunterbunt) an den (D)rachen des löwen und (SC)h(L)und der hölle mein (I)automatischer anrufbeantworter. er tönt::::::::: hier ist der automatische anrufbeantworter von barnarella agile habile stabile fragile ((bitte reihenfolge beachten)). sie sind richtig verbunden mit der abteilung: klebstoffe und dichtungsmassen. aber der anschluß zur unterabteilung: neun (9) neun textsorten (((ausgesprochen wie flügel))) und ein (1) ein poet, auf dem sie von sonnenauf- bis sonnenuntergang im jupiter des morgens und merkur des

abends barnarellas greatest HITS hören können, ist zur zeit
(((und zwar für die dauer des augenaufschlags zweier augenblicke))) nicht besetzt. sie können mir aber eine nachricht hinterlassen. (((über den eminenten gegensatz von
OPEN & CLOSED ein andermal.))) nach dem signalton aus
dem off haben sie drei minuten zeit für ihren black-out.
bitte fabulieren sie jetzt::

III,18

ja, die liebe hat bunte flügel (hommage à frégoli en passant par brossa et tàpies) x x x x x x x x x x x x x x x
... M
...... A
.... I
im mai geht barnarella als doppelbild einer halbfrau aus
der oderwelt (festdeutsches äquivalent für die anima mundi auf der tarotkarte mit der nummer XXI). und zwar sowohl als auch: vorne (bei TAGE) als barnarella und hinten (bei NACHT) als barnarella, und warum nicht gar als
funkenbarnarella. diese selbstbespiegelung der kathedrale
des kopfes (((vgl. frida kahlo-syndrom))) in einer doppelmaske (dem januskopf) könnten die erlauchten leser—sultane—beherrscher der gläubigen aus
tausendundeiner
      tausendundmeiner
           tausendunddeiner
                  tausendundunserer
                        tausendundeurer
                              tausendundihrer
                                nacht

auch als doppelbild eines halbmannes aus der entweder-
welt nennen.
es gibt immer zwei möglichkeiten ((vgl. den satz vom aus-
geschlossenen dritten)).
unter uns: halbmann und halbfrau zusammengenommen
ergeben den wissenschaftlichen assistenten adam kadmon
oder andreas gyn. sie machen das hermaphroditische sonn-
& mondskind der rosencreutzer in esoterischem sinne voll
und werden mit der temperamentenscholie und mittelmeermetropolie BAR + CEL(L)O + NA eins.
formel eins (1) eins: die maske (lat. persona) davor. der
mensch (lat. ego) dahinter. es ist alles ganz einfach.
von einfach zu steinwachs sind es phonologisch nur 3 (drei)
3 schritte: barnarella hat sich aus pappmaché ein doppel-
gesicht geformt. blonde locken sind einmal der wegweiser
für die augen nach vorn und andermal für die augen nach
hinten. hinten.
die schwarze melone sitzt einmal über dem nacken und
andermal ===kurze drehung des kopfes nach rechts nach
links=== über dem kinn.
sucht und sog.
nachtsucht und tagsog.
hell und dunkel wird zu dunkhell.
die maske davor trippelt ballerinesk als frau und kommt
kaum von der stelle. der mensch dahinter schreitet maje-
stuos. er bewacht die schwelle.
barnarella und cellophan befinden sich im (T)raum in der
weltformel:

A   wie ... m o r geht
B   wie ... a r n a r e l l a und
C   wie ... e l l o p h a n vor.

ihre masken im mai sind funkelnagelneu. die eine maske ist
nach osten in den wonnigen morgen und die andere maske
ist nach westen in den sonnigen abend gerichtet.

barnarellas kopf wird an dieser stelle stellvertretend für den leib als globus gedacht.
cellophan sagt: „„ immer rund um dich herum."" ihre füße sind diesem globus ausgezogen wie poden und antipoden.
aber es kommt noch schlimmer.

III,19

aber es kommt noch schlimmer.

spiel des bezeichneten mit dem bezeichnenden ((jeu du signifié et du signifiant)). big brother marx und little sister barnarella: ja, wie war das doch gleich?
big brother marx stellt bloß die welt vom kopf des bewußten seins auf die füße des seins, aber little sister barnarella dreht am globus und kehrt die sprache vom haupt des bezeichneten auf den fuß des bezeichnenden um. sie will mit don juan brossa, dem tàpiesfreund und shakespeare des llobregat auch keinen anderen sockel als den ihrer schuhe.
ihre worte (bzw. die von N.N., alias, wie im vorlesungsverzeichnis)) werden gekaut. sie werden eingespeichelt und mundgerecht verarbeitet. das nennt die ahnmacht der kontemplation den honigseim der rede.
ja, auch beim sprechen ist der mund (anatomisch das vestibulum oris) für barnarella das erste organ von welterfahrung und rangiert lange vor dem konzept des kilometers schrift.

aber es kommt noch schlimmer.

märchen

es war einmal...
es war einmal ein luftmaler, der malte luft auf luft.
er malte aus lust mit luft auf luft.
lustig: luftige luft.
er war ein lustiger luftmalER. für gewöhnlich stellte er ein (QU)el(L)ement: wasser, im gewande eines anderen (luft) dar. dieser mann malte von montag bis freitag wie ein gleitender angestellter an der gleichen stelle das meer, welches ein anthropomorphes lächeln, sein menschenangesicht, aufgesetzt hatte.
das bewußtsein, die maske für meer. also auch sonntagsmaler, sagten die schwimmer.
ein bediener mit serener seele, namens s.a.r. OTTI mohr, stand hinter dem malER und hielt einen sonnenschirm über ihn bis zum zerreißen gespannt.
und jetzt noch einmal das gleiche märchen im präsens.

III,20

sur
l'allégorie
de barnarella
peint par cellophan
.
.

reprint einer notiz der weltweit führenden streitzeitschrift mit dem unterkapiteltitel: der mediterrane malER im mittelmeer.
.
.

... au fond de la grotte se découpent trois figures féminines dont les corps sont des anamorphoses des rochers ((zu deutsch: steine)).

... équilibre subtil entre le dispersé et le cohérent, entre le naturel et le construit ((zu deutsch: zwischen natur und signatur)), le minéral et la chair ((zu deutsch: wachs))

... langage des pierres (vgl. s t e i n griffel in w a c h s tafel)

... face à cette allégorie de barnarella qui est aussi une sorte de voyage au "centre of the cyclone", l'on croit reconnaître immédiatment le groupe classique des trois grâces qui se nomment ici: madame HYAZINTHE NARZISS, amie de cellophan, madame FELICITAS FORTUNATA, amie de tilby, et madame VALERIE VAGIN(K)A DENTATA, amie de herma phrodt, chœur dans lequel les neoplatoniciens d'italie virent l'expression triple de venus ((vgl. eine uhr, die nach der venus und mit der venus nachgeht)).

... mais sa mise en place est différente de la classique et suggère donc des nuances différenciatrices dans la signification iconographique.

... dans les trois grâces on a vu représenté les trois opérations de la libéralité ((festdeutsch: das trigon der drei L, des ludischen, des llullischen und des lukullischen)): donner (un baiser) recevoir (un baiser) rendre (un baiser).

... barnarella (en dehors du tableau) soupire: ah, la papa-riri-bisi-bise.

... barnarella peut etre identifié dans la figure qui se répète trois fois dans le tableau comme charnière et developpement de deux triades, une dans le sens de la hauteur/profondeur et l'autre sur le plan horizontal.

... tandisque le premier sens a uniquement à voir avec l'extérieur de la personne de barnarella, le second, central, englobe tout son psychisme.

... cette œuvre peinte avec une merveilleuse somptuosité et une indéniable valence est sans doute une hymne de beau du jour à sa belle de nuit.

III, 21

aber es kommt noch schlimmer.
stichwort: **eifersucht**.
hilfe, jetzt platzt handlung in den bloßen verlauf!
eilbrief / EXPRESS / urgent

kuvert:
::::::: vor
:::::::::::: dem
::::::::::::::::::: öffnen
:::::::::::::::::::::::::: gut
:::::::::::::::::::::::::::::::: schütteln.

absender:
hyazinthe
narziss
museu de cera
(((steinwachsfigurenkabinett der früste))
rambla santa monica, barna; països catalans, MON (le monde) UNIVERS (welt).
empfänger:
señor cello profan
c/o centre dramatic de la generalitat,
carrer de l'hospital nr. 51 (districte cinc)
08001 barna
telefons: 301 55 04 / 301 56 08
»»» estimat c.,
baixant de la font del gat una noia i un soldat...«««
que tal? wie geht es IHNEN? ich weiß, daß SIE barnarella lieben und mir in IHREM „kammer"orchester bereits aus diesem grund (festdeutsch ausgedrückt) ein spiel an der zweiten vio===l(e)ine obliegt, dennoch möchte ich protestieren. nach den theatern in madrid und in bilbao nun diese romea-theater- (((für mich eine im nirgendwo (nir-

wana) angesiedelte))) -anschrift mit zwei (2) zwei telefonnummern ((eine funktioniert idiolektal ausgedrückt als sicherheitsnadel der anderen)), die nur zum schein hoffnung erwecken, ich könnte mit IHNEN selbst kontakt aufnehmen, denn entweder meldet sich die pforte und der pförtner weist ab (so geschehen bei t a g), oder es meldet sich der automatische anrufbeantworter (so geschehen bei n a ch t). überhaupt will es mir im rückblick IM RÜCKBLICK im rückblick IM RÜCKBLICK so scheinen, als seien SIE immer hinhaltend und als sei mein (w)armes herz immer werbend gewesen. IMMER. g e w e s e n .
ich bitte SIE, dieses GEWESEN in IHRER kathedrale des kopfes (d.h. auf westdeutsch: beim lesen) zu unterstreichen und lesen heißt hier soviel wie: den knoten im gegensinne derjenigen lösen, die ihn geknüpft hat.
und diejenige bin ich.
ICH großgeschrieben.
denn gewesen ist
GEWESEN.
wir haben unser „dur-duo" (festdeutsch für unsere gelebte zweierbeziehung) bisher immer so gespielt, als ob mein haus IHR haus brauchen würde, um groß zu werden.
(ich bin kostümbildnerin.)
das ist gelinde gesagt: seitenverkehrt. deshalb spielen wir es ab jetzt sofort auf der stelle anders (idiolektal im ursinne der vizepräsidentin adversa), so als ob IHR haus mein haus brauchen würde, um groß zu werden, oder ich gebe meine rolle zurück. der tuttipart in diesem scherzo: t r e s f a c i u n t c o l l e g i u m m u s i c u m behagt mir nicht.
überhaupt schlage ich vor: wechseln wir den prüfstand. nicht länger ICH beweise mich IHNEN, sondern SIE beweisen sich MIR.
SICH mir.
frage :::heimliche, ausgesprochene (zweigestrichene) frage ::: sind SIE, den meine werbung vermeinte zu meinen,

es denn überhaupt wert, daß ich SIE um meine liebe und um meine produktivität vermehre, und gegenfrage ::: heimliche, ausgesprochene (dreigestrichene) gegenfrage ::: was bleibt von IHNEN übrig, wenn ich SIE um alle schätze vermindere, die meine idiolektale samt- & sonderstruhe für SIE aufbewahrt und immer heilig gehalten hat?
und da kommen mir zwei gedanken: erstens (1stens) erstens ziehe ich den (allegro con fuoco) satz: „„ zünden SIE mich an, entflammen SIE mich"" postwendend zurück (zwar heißt der titel dieses buches, in dessen losen blättern wir uns beide leidlich wohl befinden, auch: „ oder das herzkunstwerk in der flamme", aber er paßt nicht länger auf mich), und zweitens (2tens) zweitens sende ich IHNEN IHR liebesthermometer, das einmal meine ganze freude war, retour.
gehaben SIE sich wohl, verehrter hirt des sturms auf seiner tramuntana scham gürtel, ich nehme meinen abschied, bitte unterstreichen SIE g e w e s e n, als IHRE

:::::::::: HYAZINTHE
:::::::::: NARZISS
 gegeben am tage des rosenschnees
 im mäandermond des weinbergjahrhunderts.

III,22

comédons! comédons! on glisse oder: salvador dalís kondome sind im kommen!
 c e l l o s
 l i e b e s
 thermo
 m e t e r ,*

((*anmerkung: die retourkutsche der hyazinthe narziss wurde von der darmstädter rosenhöhenredaktion auf die ursprüngliche adressatin der mitteilung barnarellen umgeschrieben, man verzeihe uns (ihr) diese lizenz, von der wir (sie) frei gebrauch mach(t)en.))

merke:
A ... wie amor geht
B ... wie barnarella und
C ... wie cellophan vor **
((**anmerkung: das liebesthermometer gibt eine antwort auf die frage: was tut mir (barnarellen) gut, und woran kann ich (sie) den grad der einwirkung dieses guten auf mich (ihre in einheit gedachte) leibseele objektiv ermessen?))

cellophans liebesthermometer ist ein (zu)phallisches objekt, welches vom tibidaboberg absteht wie eine eins (1) eins. es steht dem städtischen vergnügungspark mit der christusstatue darüber vor wie eine drüse und kann auch als kommunizierende röhre betrachtet werden, in welcher eine smaragdrote flüssigkeit, das sogenannte echte herzblut, verkehrt. es gibt immer nur zwei (2) zwei möglichkeiten: entweder/oder. entweder es steigt bis zum siedepunkt auf, oder es fällt auf den gefrierpunkt herunter.
salvador dalís kondome sind im kommen oder: comédons! comédons! on glisse! dem hochzeitsmarsch auf hundert entspricht der scheidungsmarschmarsch auf null grad. das liebesthermometer ist 7 (sieben) 7 meter hoch und besteht aus einem gläsernen reagenzglas. seine entschiedene kolbenform wird an barnarellas schießbude des verlangens (((ihres desiderierenden DESIDERAT-THEATERS))) besonders augenfällig. herzrhythmen von systole und diastole markieren ebbe und flut. es schwankt (fluctuat) im auf und ab ihrer (T)raumfahrt der liebes- und (D)u-boot der lust-

beziehung, im sturm und drang von cello, in barnarellens sucht und sog, aber es geht nicht unter (nec mergitur). über die libidinösen stadien im verlauf dieser (H)eros bio(s)graphie wäre noch viel zu sagen, aber wir (das komitee) beschränken uns hier auf die wiedergabe seiner markantesten markierungen und überspringen unter der pikanten peter greenaway-verballhornung: A BED AND TWO NIGHTS die erogenen zonen gleich mit.

.. 0 grad   === unbeteiligt
.10 grad   === inluminiert
.20 grad   === polymorph-pervers
.30 grad   === verlobliebt (winken doch sozu-
              sagen alle pflanzen im winde)
.40 grad   === mondmünder offen (auf bilabiale
              sprachströme, die über und über-
              fließen).
.50 grad   === salut i força al canut
.60 grad   === sanftes eindringen in den sinn des
              lagers, marke: alpha-bett
.70 grad   === s=permanenz
.80 grad   === wollustmaschine auf achtzig
.90 grad   === das weiße (b)lenden
100 grad   === hoch +++ zeit (sieh, der gute
              liebt so nah).

III,23

folgt ein auszug wie ein extrakt wie eine kostprobe wie ein geschmacksmuster wie eine postwurfsendung wie eine zeitungsbeilage wie ein quentchen wie ein versatz − wie ein (festdeutsches) (B)lumenstück wie eine idiolektale homöo-

apathische dosis wie ein häppchen wie ein vorgeschmack wie ein hoffnungsschimmer wie ein sonnenstrählchen wie ein elegantes elementarteilchen wie ein ginkalitzchen wie ein geblähtes nichts wie ein satzbrocken wie eine kleinste unteilbare einheit wie ein unwahrer kern wie ein letzter rest vom schützenfest wie ein tütchen mit brausepulver wie eine gestimmte größe wie ein sekundenbruchteil wie ein détail im détail wie eine don antoni gaudí(um) zugeordnete keramikscherbe wie eine dividende wie ein **fragment** wie die partikel einer detonation wie ein wassertropfen am eimer wie eine perle am rocksaum seines gewandes wie ein metallischer meteorit wie ein dynamisches einsprengsel wie eine künstliche inkrustation wie eine köstliche einlegearbeit wie eine borte oder bordüre wie ein goldener ei-satz, goldener ein-satz, goldener eins-satz eins: das redaktionskomitee hat den kontrast zum programm erklärt und überhaupt:
TE
DECET
HYMEN
ET
REDDE-
TUR
COITUM
IN
BARCE-
LONA
(zu deutsch: dir gebührt das jungfernhäutchen und der koitale liebesdienst in barcelona (((sehr frei nach mozarts requiem))).) felicitas fortunata, abgekürzt FF, wie hyazinthe narziss, eine person aus der unterabteilung: hilfe, ich sind viele (im singular majestatis von barnarellas alter egos) über ihren freund professor tilby, alias doktor bidabo, alias kandidat dab, alias student o.:

ooooOhH.
.... sein (m)an(n)tlitz!
.... sein konterfei(n)!
.... sein.ars pro toto!
.... sein schattenriß!

graus d'attractivitat d'una persona
(attraktivitätsgrade einer persönlichkeit):
... der mann (ihm kann geholfen werden) sieht aus wie ...
ein wikinger aus dem hohen norden ... er spricht katalanisch so, daß der klerus ((welcher nach meiner geringen
erfahrung noch über die reinste aussprache verfügt)) sich
von seiner bass-kantilene noch festdeutsch: ein cis, westdeutsch: ein scheibchen abschneiden kann.
dem mann kann geholfen werden.
... diese stimm- wie gefühlslage ooooOOOOhhhhHHHH.
natürlich auch italienisch (mit venezianer akzent) und ru-
mänisch und okzitanisch und das ladinische der dolomiten-
seitentäler ...
... sprachen fliegen ihn an wie barnarella die inspiration ...
... sprachen fliegen ihn an ...
... in europa, da liegen ihm die sechsundsechzig sprachen
der minderheiten am herzen.
polyglossie gegen idiolekt.
... er, o, dab., bidabo, tilby, macht das minderheitenidiom
für eine mehrheit verbindlich ...
... er betreibt sprachpolitik ...
(sie übersetzt ins kos-m-elegische).
FOC I FUM
feuer und rauch.
... er heizt dem puren unverstand ein. es raucht in den que-
ren köpfen. sein um geltung ringendes weltverbesserertum
sehe ich ihm nach; dem sonnenanbeter und frischluftwe-
sen, dem exkursionisten und schwimmenden wahlkatala-
nen par excellence, dem weltkind in der mitten, das als

mondliebhaber freilich auch anfällig für goyas nachtmar und zuzeiten insomniker ist.
mit der dilettantin des wunders vom dandysmus der armen war er von the day before bis the day after zusammen. das postquem ihrer trennung hat den zeitpunkt ante quem absehbar gemacht. ich habe den günstigen augenblick genutzt oder wie der weise sagt:
ein barmherziger mann thut seinem weibe gutes. ((origin-(k)alzitat von alexandre balthazar laurent grimod de la reyniäre.))

III,24

hyazinthe narziss's golgatha

im steinwachs-figuren-kabinett der früste:

— infernal diese unter-ab-art hölle — hyazinthe narziss stöhnt — überall kreuzweise gekreuzigte väter und mütter, besonders unter osmanischen torbogen. dazwischen die don kurt schwitters-säulensünder von eins bis unendlich — es sind mitglieder des mediterranen merzkunstwerksündervereins — der heilige codorniutrinker ... mit seiner bocca della veritá (vgl. vestibulum oris) ist auch darunter ... und das mit der mode gehende vogue-anzieh-männchen ist dabei. es dreht sich — unter einem lampenschirm aus pergament — mit inkrustierten motiven der einander im flug fliehenden (tempus fugit) jahreszeiten — das zieht sich aus — zieht sich an — zieht sich um ... schrum ... di ... bum ... und ... und ... und.
vieles, und darunter auch eine tiefe wahrheit, ist über die ungleichen stunden des ungleichen menschen zu sagen.

hyazinthe narziss stöhnt.
manche menschen werden in der arbeit und andere sogar im hochgenuß um den fruchtgenuß betrogen.
frage: sind diese hier versammelten un—wesen (zu denen sie sich zählt) das ur—bild aller frustrierten?
(*der lustverlust ist ein frustgewinn. der frustgewinn ist ein lustverlust. soweit ist die apostrophierte welt der tautologie noch in ordnung.*)
antwort: nein, NEIN, nein, NEIN, sondern dieses origin(k)al ist die blinde lahme taube stumme WOLLUST-MASCHINE MENSCH, die auf dauer lust und nichts als lust will (— weshalb sie die lust verfehlt wie der pennäler das klassenziel).
sie wird gespeist.
g e s p e i s t mit tantalusqualen und sie wird berieselt.
b e r i e s e l t mit den sisyphischen untertönen einer authentischen danaidenfaßmusik, weder zu verwechseln mit der festdeutschen dadaiden-baßmusik noch mit der idiolektalen danaidenblasmusik. (das ganze inferno ist musik.)
die wollustmaschine mensch als frustmaschine.
ihre aufgeschäumten strahlaugen sind mit glimmer bewimpert. sie schlägt metallen um sich. es splittert patronen und brandgranaten.
ECCE HOMO.
siehe die tiefe wahrheit von weiter oben. das ist der mensch, wesen u n d unwesen, vehikel von zuversicht u n d potenz der verwüstung.
er glänzt ölig.
sein januskopf ist auch ein totenschädel, welchem das de aliquis una tibi-stündlein geschlagen hat. hyazinthe narziss (heute einmal wieder mehr bei herabgestimmtem, ja geradezu in grabbewußtsein) stöhnt.
soviel luft/st tritt (auto-melo-manisch: in saus & braus) aus ihr heraus.

e.t   i.n   a.r.c.a.d.i.a   e.g.o
souffliert das herzeleid.
diesem gemütszustand des ach — leiht der schauraum der wehleidsmaschine mensch — einen vollkommenen rahmen.
das rechteck wird vom stichwort:
    „intensivstation des lebens"
und vom wortstich:
    „jammertal der existenz"
in seiner gänze abgesteckt.
da sind
dada sind
danaidendada sind
— weißlackierte wände (wie in einer morgue), die zum teil violett schimmern —.
dada sind
danaidendada sind
— neonröhren (wie im operationssaal), die zum teil ... nervös (sie erinnern an erste mesmersche experimente des magnetismus) flimmern.
danaidendada sind
— metallschienen (wie in einem de sadeschen arsenal) — die mit infusorien, tröpfen, schläuchen, injektionskanülen, in denen das gift steigt und fällt, überreich beladen sind.
gegensinn des wortes: cornucopia.
gegensinn des wortes: bacche veni dulcisque tuis e cornibus vua pendeat & spicis tempora cinge ceres.
devise: gehst du nicht volens auf, so tu ich (((und bin im vorhinein deculpiert))) dir nolens gewalt.
der mensch opfer-
der mensch opfer-tier.
er hängt, gepeinigt von einem verlangen, welches (kilometer schriftweit) über ihn hinaus will, wie in einem inferno-eigenen artifiziellen spinnennetz am tropf.
alte erinnerungen — ans labyrinth mit der aufschrift "exit"

— und an dessen herrn, den tier-henker MINOTAURUS.
der rote schlauch voll frischen arteriellen bluts freilich ist
ein paranoisch-kritisches gebilde und kein ariadnefaden.
hyazinthe narziss stöhnt: der ausverkauf der postmoderne
findet auf dem trödel, unter den händen der flohmarkt-
händler auf dem rastro oder baratillo zu füßen der
sagrada familia statt, deren türme die barke luna krönen.
contre fortune bon cœur
oder:
      lauter -------
          letzte -------
              dinge -------

rekaptitulieren wir: das feucht-fröhliche B., katalanische
hauptstadt, mittelmeerhafen, dotterbett der liebe zwischen barnarella und cellophan, geht aus seiner breite also
in die höhe, cellophan catalanicus architectus erexit ... distanzen schwinden in der luft und werden so gering. der
stadtkern, ein schwellkörper, porös, schwammwerk, verliert ebensowohl äther über wie an grund unter sich. er
wird grundlos. durch diese phallische anhebung aus der
senke allein aber wird sein bezug zur erde (w)erde erde
nicht fraglich. das versucht vielmehr ein organisches, ah
pardon: technisches wunder, und zwar ... die nicht-veran-
kerung des schiefen turmes von B. in den getrübt-trüben
wassern des hafenbeckens, welcher an pfosten, pfeiler,
streben, fundamentes statt auf dem ausladendsten aller
luftkissen, dem berüchtigt-berühmten pfühl der ele-phanta-sie aufruht und durch seine wie hingegeben-gegossene,
in einem wort: venerische schaukellage entzückt.

gott tritt hervor im zeichen des erregenden,
er macht alles völlig im zeichen des sanften,
er läßt die geschöpfe einander
erblicken im zeichen des haftenden,
er läßt sie einander dienen im
zeichen des empfangenden.
er erfreut sie im zeichen des heiteren,
er kämpft im zeichen des schöpferischen,
er müht sich im zeichen des abgründigen,
er vollendet sie im zeichen des stillehaltens.
I GING, *schuo gua,* § 5

barnarella:
   all i ask is to love for ever

kapitel vier (IV) vier, fragment 25–32:

cellophan sagt:
A chat
B eryll
C hrysolith
verklären DEIN geschmeide

IV,25

aus dem tage — sage — fragebuch:

barnarella:
wer bin ich ((ich stelle heute fest, alles tut mir weh, eine art gliederreißen der seele)) und wer tut mir gut? oder das gleiche auf (F)estdeutsch: woran kann ich als phö=nixe, idiolektal: auf meinem tee=sessel im turbu=lenz, es, dieses guttun (lat. causa prima) ((wie mich selbst)) erkennen? everything moves that much, sagt gertrude stein.
ich stelle heute fest: es tut mir alles weh, eine art gliederreißen der seele ist unter der unmenschlichen bedingung (festdeutsch: conditio sine kanon) über mich gekommen, das mich, die märchenhafte meerjungfrau, auf eine (H)ausflucht sinnen läßt.
herzwärts via lorbeerrosen.
ja, so bin ich hereingelangt ... ins leben. dem universalen sog im haus des temperaments ging eine saugglocke im kreissaal der göttinger universitätsklinik voraus. das war der a(h)nbeginn einer (H)eros bio(s)graphie. der transpaapparenten wand von damals entsprechen die heures d'ouverture der bibliothek meines leibes, in dem alles immer schon schriftzeichenförmig angeordnet gewesen ist.
((steingriffel auf wachstafel, wachsmalkreide auf stein.))
ihre öffnungszeiten sind aber als die von N.N. ((wie im vorlesungsverzeichnis)) auf 16:00–22:00 angesetzt. anders bin ich, barnarella, von beruf gleitende angestellte, in meinem betrieb nicht abkömmlich. verpflichtungen, verantwortung, hausaufgaben.
problematisierendes „**und**". „„„UND""" das **wunder** ((die buchstaben zittern nach präzision)), in welchem fach ich mitunter mühselig dilettiere, sollte sich in ein zwangskorsett ((das meiner ungereimten freizeit)) schicken können? vorher oder nachher ist die n...aive n...ative nämlich nicht

zu sprechen, für seine herrliche wenig- und wenige herrlichkeit nicht zu sprechen. das administrative weite feld der zur abteilungsleiterin promovierten unterabteilungsleiterin läßt es nicht zu.
es gibt hysteriker- und zwangsneurotikersimiles unter meinen bekannten. ich bin ein zwangsneurotikersimile mit einem hysterischen wunderwunsch.
manchmal gelingt es mir auch:
und dann setzt sich mein angeborener glückstrieb als wunderwünschelrute für mich ein.
für gewöhnlich.
nach 22:00 uhr bin ich für gewöhnlich müde. eine Metaphysische lebensMüdigkeit (MM hoch zwei) macht sich in mir breit und zwingt mich in die horizontale ((weltanschauung hätte ich früher vielleicht dazu gesagt)), deren apologie ich mir für unser auf nimmer wiedersehen, lieber erlauchter sultan leser im schoß der schönen osmanischen wesirstochtergattin an der guten, der grünen, seite aufspare.
aber
aber wie, in aller drei (3) drei seraphim, manahim und cherubim namen, komme ich aus dem haus des himmels, meiner firma von welt(ver)ruf, heimat des postbarocken temperaments in seinem barceloneser element als tanzende leicht verschleierte frau welt im weltenei wieder heraus?

       ich will hier heraus.

eine art gliederreißen der seele macht mir auf meinem tee=sessel im turbu=lenz zunehmend zu schaffen. die dichtungsmassen des (F)achbereichs 9 (neun) 9 textsorten und ein (1) ein poet, keine lebstoffe, sondern todesdrogen, drohen mich wie eine lawine unter sich zu begraben. so sieche ich dahin.
Wiederholung der **N**iederholung (wiederholungszwang).

hilfe, zu welchen häusern, außer ich ergreife auf der stelle die (H)ausflucht, geht es mit meinem eingeborenen leben hinaus?
ich will, d.h. selbstkritisch: ich wollte hoch hinaus. mitten hinein und mit ihm hinauf in den vertikalen impakt.
irrealis. potentialis.
jetzt denke ich mit dem sarrotti-mohren, privatsekretär der großfürstin barnarella von sperma, es ist gut, hier unten zu bleiben und mich den positiven ein=flüssen der 5 (fünf) 5 kontinente eines zum erdball verminderten kosmos auszusetzen.
realis.
realitätskrümmung.
wirklichkeitsverdacht.

real ist: der nächste realitätsgekrümmte satz wird unter wirklichkeitsverdacht festgenommen.
auftritt der held (die steigerung ins ermeßliche) **und liebesromann**.
kos-mich, kos-misch, kos-m-elegisch, cellophan.

IV,26

dramolett für liebende
uraufgeführt auf dem kampnagelfabriktheatergelände zu hamburg unter der augusten oberhoheit von hannah hurtzig, anläßlich der „schwer genervt-fête" vom 12. VI. anno domini.
ort: im **alpha-bett**
personen: **theat=ER** (ego: cellophan) und:
(masken)   **phanta=SIE** (ego: barnarella)

hochachtung, ton ab, kamera läuft über:
theat = ER:	huuuuh.
phanta = SIE:	er bricht jetzt ein tabu.
theat = ER:	hmmmmm.
phanta = SIE:	wir sind ein intimes team.
theat = ER:	im team intim intim im team.
phanta = SIE:	er phantaSIErt wieder.
theat = ER:	und du spielst theatER. und unten ist, rechts und links, man und frau, theatER ist dada. (automelomanisch): o du geliebte meiner siebenundzwanzig sinne
phanta = SIE:	hört, hört, er schwört.
theat = ER:	ich liebe dir! – du deiner dich dir, ich dir, du mir. wer bist du, ungezähltes frauenzimmer? (langer monolog): ich liege vor dir auf dem alphabett, du frau aus wörtern, phö-nixe im turbu-lenz.
phanta = SIE:	ja, wirklich, ich bin mit dir aus allen wolken aus einem barocken rahmen „peng" aufs computer-endlospapier gefallen, und bewahre die eiderdaune als feder im mund.
ttheat = ER:	mademoiselle plume, flaumfederleicht das gewicht ihrer bewältigten welthaltigen welt, mnemosyne, göttin gen sämtlicher schlafenden strände aller fünf (5) fünf kontinente geht unter mir durch wie eine geflügelte araberstute namens pega-suse.
phanta = SIE:	der elektrisch-blaue funken springt über.
theat = ER:	mein einstein on the beach, mein ginka terminal in stein fashion at wachs

	center of the cyclone, ein blitz, der auf das
	stichwort „potz" in mich gefahren ist.
phanta=SIE:	mein lieber cellito übertreibt profan
theat=ER:	das hört sich richtig liturgisch an. zum
	guten schluß, der hochzeits-
phanta=SIE:	kuß. ja, die liebe ist ein goldener ei-satz.

IV,27

NAKA naka TASSTI tassti GLUBB glubb
TASSTI tassti GLUBB glubb NAKA naka
GLUBB glubb NAKA naka TASSTI tassti
hier fände sie endlich ruhe ((requiescat in pace)), die magersüchtige temperamenten- wie himmelskönigin, römisch-katholisch apostolisch auf den schönen und weisen namen ANOREGINA COELI IN TERRIS getauft.
im (H)ecce homo pro domo-häuschen, nach der formel: „knusper knupser knäuschen", einer ebenso delikaten wie nutriattraktiven kolonialwarenladenbehausung, welche dem esser das herz im leibe höher schlagen und die einge=weide lachen läßt:::
innerhalb:
barnarellas (mein) pis, ihre (meine) behausung innerhalb des hostals rom a/mor, innerhalb des gevierts der plaça reial, innerhalb des gotischen viertels oder des casc antic, innerhalb des barri de la mercè, innerhalb der mittelalterlichen grenzen der hafenstadt, einer umFRIEDung, innerhalb des außerhalb, als einer versuchung, über sie (barnarella) mich (sich) selbst hinaus ins globA/L/L/ zu entfliehen, und darin empfängt sie cellophan, ist eßbar.
stichwort/wortstich: es ist gerade nicht des essens bar, sondern eßbar (ko-mestibel).

barnarellas (mein) appartement is(s)t ES(s)bar. ((dieser umstand wird der magersüchtigen himmelskönigin mit (ausrufungszeichen) russisch (ausrufungszeichen) brot (ausrufungszeichen) auf den verzehrten körper geschrieben.))
ARIA MACULATA.
(westdeutsch & wirklichkeitsnah ausgedrückt): seine wände, decken, böden, türen, fenster sind lebensmittel. sie wurden im stück für stückverfahren höchst aufwendig und produktionsintensiv aus nahrung gepreßt. wer hier über dotterbett und schreibtisch den sieg antritt (eine sogenannte pyrrhusniederlage übrigens), sind kühlschränke und speisekammer. ihr wahres sein. die ganze rohe gekochte und geräucherte wohnung, barnarellas (mein) pis, verehrte frau konsistenzrätin, gibt sich den anschein, geheime essenzsekretärin leser, als ob sie nur (einschränkendes nur) aus speisekammer (katalanisch: rebost) und kühlschrank (kat: nevera) bestünde.
anoregina coeli in terris erscheint dieser umstand pflicht.
wände sprechen bände.
bände versprechen wände.
eine ganze **wand** zum exempel ist von oben bis unten und von rechts bis links wie für den appetit eines chinesischen mandarins nur (überhöhendes nur) aus gegrillten hühnerfüßen gemacht, tausenden und abertausenden von gegrillten hühnerfüßen, die man(darin) ja eh nur im hundert (kat: per cent) verzehrt.
dem verzehrten körper der A. dort entspricht hier die unversehrte wand (kat: paret). et in pantagruels gargantua ego. eine zweite darin nicht weniger beachtliche wand, darob auch der schönen klugen freien guten fee meret oppenheim aus berlin basel paris nova york zugedacht, bringt krabben im pelz (die venus à la fourrure), in ihrem natürlichen schalen-fell, einer kalkkarkasse, dem gepanzerten balg, zum vorschein.

die dritte wand ist gut elsässerisch aus gänsebrustbacksteinen ((ahnmerkung: dieselben sind mit dem mörtel von gänseleberpastete auf der basis von gänseschmalz)) verputzt. (der magersüchtigen himmelskönigin wird bei dem bloßen gedanken an den kalorienwert jener kulinarischen amalgamierung spei=übel. man reicht ihr daraufhin einen pokal mit reinem wein dar.)
dafür ist die vierte und letzte wand fast ungenießbar. einer grünschwarzen mixtur aus meerestang und algen wurden zu gleichen teilen seeigel und seepferdchen inkrustiert.
wie SIE sehen, verehrte frau konsistenzrätin und geheime frau essenzsekretärin leser, verteilen sich die rezeptpflichtigen zutaten des baumaterials zur einen hälfte auf das geflügel und zur anderen hälfte auf die meeresfrucht.
der **boden** besteht zu ungleichen teilen aus sonntäglichem (vo)biscuit (für peter werhahn) und aus täglichem=brot ((macht wangen rot)).
und die **decke** (vgl. der himmel hängt voller geigen) ist, wie SIE sich leicht denken können, verehrte geheime, im rahmen eines intensivkurses in sachen lutschen und lecken für das sogenannte schleckermaul aus den schlaraffischen ländern mit mozartkugeln und nougat-pralinés bestückt.
VITA ZEHR BERING.
oder: ihr (mein) schlaraffenland sei mit uns (euch) auf allen wegen.
an gewöhnlichen sonntagen nisten sich außerdem über das fenstersims, welches sie nach und nach (kat: poc à poc i pam à pam) erklimmen, hummer und langusten, und was für hummer und was für langusten, hummer und langusten, in den locktopf des gemaches ein und werden erst auf der zunge wiedergesehen. (die alchymische verwandlung eines lebewesens in speise findet in der hexenküche statt.)
an besonderen kirchlichen feiertagen, deren samt und sonders wir uns purpurrot denken, soll eine transsubstantia-

tion von tisch und bett in charlotte royaltorte und turroneisbombe schon vorgekommen sein. os vobiscum. guter mund, der du alle tage aufgehst, sei mit uns allen. ((er geht so stille, der gute mund.))
barnarella hat (ich habe) nichts dagegen, auf mürbeteig zu schlafen bzw. auf eis zu schreiben.
ich komme zum ende meiner ausführungen (stellvertretend für das redaktionskomitee) felicitas fortunata :
wir müssen uns jetzt verflüssigen, meine sehr geehrten herren der schöpfung, sonst verfestigen wir uns.

IV, 28

les formes de les mans es formen en cloure les.
----
hi han moltes persones, que en mirar la lluna, confonen els seus accidents amb ulls, nas, bocca i adhuc bigoti.
----

                    antoni tàpies

RELIVING PAST LIVES
ein aus dem veritablen leben gegriffener bericht, dessen autor als **faktograph** für tatsachen zuständig ist
----
und so übersieht ihr ehemann, professor tilby, alias doktor bidabo, alias kandidat dab, alias student o, der es wissen muß, literaturkundlich auch als major von tilheim zu buche geschlagen, sein fräulein von sternhalm, alias alias —
und wieder kommt sie zum vorschein, diese vorliebe für die endlosschleife, in hegelscher schlichter schlechter unendlichkeit, alias barnarella.
eine villa in göttingen (lies: göttin gen). hainholzweg 38.

die standuhr im herrenzimmer schlägt mit bedacht. die leutseele.
dorothea f., geborene schmalz, die großmutter mütterlicherseits, ist um die geschlagene mittagszeit noch im négligé. den hang zu wahren schlagrahmbergen auf wahren käsetorten hat die wahre enkelin mit ihr wahrhaft gemein.
die veranda der villa. ein kirschbaum zur linken in voller blüte.
karl feist, der großvater mütterlicherseits, ein chinese der bescheidenheit, hat mit bescheidenen mitteln widerstand geleistet. er schwamm gegen den strom. das war im III. reich. er bekannte die kirche in seinem glauben.
sie hatte in seinem botanischen garten (hinter dem auditorium maximum an den wällen) ein beet und jonglierte mit lateinischen fachausdrücken ≈≈extra gottingam non est vita, si est vita, non est ita≈≈, lange bevor sie des deutschen grundwortschatzes in der schrift habhaft werden konnte.
eben dieser großvater war der göttin gen ein stern.
oh, stern.
all-stern.

scharfer schnitt. lichtwechsel. ortsveränderung.
ein mietshaus in goslar nahe der gose. bewahret einander vor herzeleid. der herd glüht. in schneller folge werden rippchen und obstkuchen in seine flanken geschoben.
die großmutter, marie st., geborene bosse, seit fünf uhr morgens auf den beinen, ist unermüdlich. sie bestätigt thomas von aquin, ohne es direkt zu wollen, mit dessen ausspruch: vivens est quid se movet.
mit dieser großmutter, einer großen mutter, der ich (tilby) mich binnen kurzem voll anvertraue, verbindet sie (barnarella) der fleiß.
und zwar schießen in diesen in fleiß zwei charaktereigen-

schaften zusammen: u n r a s t (festina lente wäre in diesem zusammenhang gefragt) und g i e r (das gieren nach welt, welthaltiger welt, der bewältigten welthaltigen welt).
welt, o welt, ach laß mich rein.
geld, o geld, ach werd doch mein.
abzählreimende.
obbesagte große mutter soll bei gewaltmärschen im vorharz immer auch noch deutsche volkslieder gesungen und spitzen gehäkelt haben.
descartes sagt: i c h d e n k e, also bin ich. die großmutter hält ein: i c h s c h e n k e, also bin ich, dagegen. und so bestätigt sich im kleinen das große wort.
fügung?
der schrebergarten am lilienberg. ein blick fällt auf den glocken-, ein blick fällt auf den rammelsberg und ein blick fällt auf den brocken.
der großvater väterlicherseits w i l h e l m s t e i n w a c h s schleppt erde oder karrt wasser.
er weiß die deutsche, eine mitunter traurige, geschichte inwendig. besonders hohenzollernprinzen, die zur see gefahren sind, kommen darin vor.
barnarella, die n a i v e n a t i v e ist ihm in sachen körpergröße und gesichtszug wie auf den leib geschnitten. diese unverwechselbar keineswegs schönen brauen beiderseits, aber mit dem feinen bedenken, daß jener sprießen läßt, was diese zupft.

flash-back (I):

vaterwitz & muttersprache.
das f e s t d e u t s c h e, welches das w e s t d e u t s c h e sowohl u n t e r h ö h l t wie ü b e r h ö h t, ist ihr, barnarella, alias göttin gen, bei gelegenheit der geburt, die eine gute gelegenheit war, geradezu in den schoß gefallen.
meine these lautet, daß meine frau, wenn nicht vorge-

burtlich gesprochen und geschrieben, dann doch wenigstens ströme empfangen und töne abgehorcht hat.
den unumstößlichen beweis liefere ich ===auf verlangen ==gegen eine schutzgebühr=== portofrei an jedermann.

flash-back (II):

goslar, bäckerstraße 74.
muttersprache & vaterwitz.
„kunst kommt eben nicht von können, sondern von müssen" (hier: arnold schönberg). er hätte selber schon gewollt und gekonnt, aber der vater durfte auf dem felde der ehre nicht müssen.
sie muß.
ich (major von tilheim) finde, daß mein fräulein von sternhalm alles in allem spannungen wegdichtet, noch bevor sie verspannungen werden.
das bewundere ich sehr.

IV,29

es brennt so brenzlig.
brandgeruch liegt in der luft.
man ruft nach einem feuerlöscher.

phanta SIE barnarella über den malER tàpies
oder:
entrée des MEDiums

ich habe den „„igel"" (((wegen seiner frisur))) TÀPIES mitte der 70er jahre, als ich schon anfing, ein französisch gefärbtes weltbild gegen ein prokatalanisches einzutauschen

——ich glaube, in gesellschaft von DON JUAN brossa, dem zauberkünstler und beherrscher sämtlicher taschenspielertricks in richtung auf das geschriebene wort, wie er pausenlos wagners „rheingold" pfeift, er ist in der richard wagnerstraße des barceloneser stadtteils von gràcia geboren—— zum ersten mal gesehen.
so geschehen in seinem landhaus in campins, zu füßen des montseny, dem die einheimischen südempordanesen nachsagen, daß er nie ohne hut weder aufstehe noch ausgehe. und er geht aus und er steht auf.
und da beginnt bereits a=l=l=e=s zu verschwimmen.
(((vgl. **IV,28** les ratlles de les mans es formen en cloure les & hi han moltes persones, que en mirar la lluna, confonen els seus accidents amb ulls, nas, boca i adhuc bigoti.)))
zu v*e*r*s*c*h*w*i*m*m*e*n.
der katalanische wanderclub (els excursionistes) im zug, die katalanen, welchen es an einem eigenen mount everest gebricht, sind bergsteiger.
der fußanstieg bis zum burgtor des hauses, eine auslage brennbilder auf einem falschen boden, der in wirklichkeit ein richtiges dach ist.
oben ist unten (richtig–falsch). der gegensinn des urwortes orphisch, lat: altus – hoch gleich tief, erster esoterischer lehrsatz des hermes trismegistos, wie er heute noch in der karte mit der nummer ein (1) eins, der magier, auftritt im spiel der tarocchi, westdeutsch: des tarot.
brennbilder, aber nein, kein zurücktreten in panik, es ist mittagszeit, die stunde des pan, sie brennen nicht mehr – aber was für ein gewühl von gefühl löst die erwähnung dieses eher beiläufigen umstandes in mir aus –, sondern entstehen durch brand.
frage: kann und darf, und wenn ja wie, ein kunstwerk durch brand entstehen?
angenommen, der rand sei angesengt wie äußerlich, dann bewahrt es sich innerlich für die mitte = the center of the

cyclone. angenommen, die mitte sei angesengt, dann verläuft es sich kräftelinienmäßig zentripetal.
frage: was haben die brandbilder von tàpies mit mir zu tun? ((das intime team von experten klagt bereits über brandgeruch in der nase. es ist laut katastrophenmeldung, hamburger abendblatt, letzte seite, letzte spalte, soeben am ort des unglücks eingetroffen.))
sie zünden meine phanta SIE an, des igels tàpies brennbilder, ja, und legen lunte an den verstand, jaja, aber dann ist da noch ein dunkler bezug auf meine eigene zukunft, wie ich sie in diesem moment als vergangenheit erlebe. ein dunkhell, das ich weder auflösen kann noch mag.
merke: eines nicht allzu fernen tages, werde ich die antike scylla im bilde der modernen rolltreppe und die altgriechische charybdis in der allegorie des isolationstanks neu gestalten.
für heute nur dies: es ist wie scylla und charybdis. zwischen tàpies und brossa ist für gewöhnliche sterbliche kein durchkommen, außer der solarplexus wird laterna magica.
((vgl. I, 8: diejenigen aber, die ausgebildete wonnen eingebildeten sonnen zuschreiben, suchen das licht.))
das plus, das minus, die schraffur, der knick. tàpies' bilder sind denkanstöße. einiges davon, woran sich mein denken stößt, schreibe ich in form von thesen nieder (und denke an cellophan):
malen ist eine kunst des unmöglichen.
je näher du das objekt anschaust, desto ferner blickt es zurück.
und:
die kunst des umgangs mit den sinnen in der kunst ist der sinn des umgangs mit der kunst.

IV,30

ich, barnarella superstar, queen of table writers, omegoistin, alphabettlerin am buchstab, wurzellose dilettantin des carl einstein- (festdeutsch: carolus pedrolusque)schen wunders ((EINSCHUB: bébuquin wird von mir zumindest einmal jährlich von auge zu mund zu hand geführt und auf blattgold geschrieben EINSCHUBENDE)) vom hugo ballschen dandysmus der armen ((vgl. dessen im schweizer ausland angesiedelten flamettiroman)), maskottchen der bundesrepublikanischen literatur und (((als arme kirchenmaus))) teilhaberin einer bank namens welthaltigkeit von welt, bezeuge vor allen drei (3) drei engeln und angeli musicanti (ch)oraler feste aus dem sogenannten siebten (verliebten) himmel unter dem zelt des harten gaumens auf dem florentinergrünen bühnenboden des teppischs der spikativ rotativ verritiv veranlagten zunge, der seinerseits mit saugnäpfen übervoll ist, daß
    A
    E
    I
    O
    U
cellophan aus dem schoß einer familie stammt, deren begründer (allesamt lebenskünstler) die u.a. den mondmonat mit neununddreißig (39) neununddreißig tagen erfunden haben, sich und uns bereits ——bien avant la lettre—— eines gesunden
DALIRIUMS
erfreut und
die wirre kl ICH keit
dergestalt gegen den strich gebürstet haben.
apropos apropopos: mir fehlt deine stimme. dieses rauschende brausende schweigen des p.punkt äthers macht mir angst.

((wieder und wieder verschweige ich das eigentliche: belle de nuit an beau du jour: parlez-moi d'amour.))
ut pictura musica.
niemand wird es wagen, mich eines ——mir in tiefer seele verhaßten—— detailgetreuen fotorealismus zu verdächtigen, aber hier an dieser stelle, se habla español, da ziehe ich das registER der f=a=k=t=o=g=r=a=p=h=i=e. wortstich/stichwort: faktographie wird artefakt(ographie) dem seidenknäuel einer nach strich und faden aus dem geblähten nichts ersonnenen erfindung vor. ich möchte doch selbst gerne einmal sehen, wie lange ich das durchhalte.
»»» para desarollar su aventura estetica, cellophan ha dispuesto, sin contar sus propias dotes, de un patrimontio artistico excepcional.
v=i=t=a=q=u=e=l=l: cellos abuelos phan tuvieron siete hijos: en ramon (roman), en josep (kat: pep), n'antoni, na maria, na mercè, en lluís i en ricart ((die aufzählung der vornamen verläuft sich ins katalanische)). «««
und hier die faktographie als artefaktographie auf festdeutsch:
das leben ein (T)raum. den großeltern phan werden sieben (7) sieben kinder geschenkt, und zwar entweder als gestirn oder als kleeblatt. den großeltern phan, die als spielkühnste dilettieren, erblüht das wundER. allen vitaquellkindern steht ein künstlerdasein (als schopenhauerisch eximierte bevor). das lebenskunstwerk hat sein wesen an dem scheine.
»»» disfrutaron de vidas excepcionales los hijos phan gracias a una madre que un buen dia decidia trasladarse a paris ((festdeutsch: papa-riri-bisi-bise)) para cuidar su education estetica.
se quedaria alli cerca de doce anos. todos los phan profan i cellophan ancieron de esa estancia. «««
und jetzt kommts.

und jetzt entfaltet sich das leben (wie im leporello) als kunstwerk:
ramon (der älteste) se consagro a la pintura y fue uno de los fieles amigos de picasso durante los periodos de bar=cel(l)o=na y montmartre.
maria gay (NINI), cantante de temperamento vulcanico, se hizo celebre en todo el mundo cantando wagner y a verdi desde san petersburgo a nova york.
mercedes se caso con el gran poeta español eduardo marquina.
lluís phan estudio violin.
con su hermano ricart =violoncellist= padre de cel(l)o − (((sic sic SIC SIC))) phan y uno de los mejores alumnos de pablo (kat: pau) casals − y el pianista costa ((brava)) formaron un trio de musica (((ut pictura musica))) de camara conocido en españa y en francia entre las dos guerras.
hah, wie ich die realitätskrümmung annehme (barnarella), her majesty, ihrer hoheit, meinen (m) und/tertänigsten respekt erweise ((der mich blut urin kot schweiß & eiter kostet)), ihr die aufwartung und mich ihr notwendig mache, indem ich der gelobliebten nsprtn oder auch semper ubique siamo artisti

    I
    I
    A
    I
    O

den verrückten rücken zukehre.
und weiter geht es mit ut pictura musica!
»»»» es imposible evocar a esta famila cuyos miembros bajaban un piano de concierto ((den geflügelten steinway)) hasta los acantilados del mar para hazer musica de camara a la luz de la luna
(exzentrikverdacht, archiviert unter der pha(e)n.omenalen nummer 999)

que trabajaban con el violoncello en una barca ((la barcarola)) o incluso en medio de una manada de pavos
(neuerlicher exzentrikverdacht, archiviert unter der phan-(tom)nummer 1000)
sin mencionar la responsabilidad e influencia que tuvieron en la vocación artistica de
(letzter dringender exzentrikverdacht, archiviert unter der p(h)annummer 1001)
salvador DALÍ((RIUM)).

IV,31

la démonstration de la quatrième partie de rien est quelque chose.
///
tout est la démonstration de la quatrième partie de rien.
///
(grundzüge der paranoiakritik aus dem munde eines von lombrosos irren.)
westdeutsch: der beweis des vierten teils von nichts ist etwas.
///
alles ist der beweis des vierten teils von nichts.
///
                das
                        rocky
        horror-
            skop
ist ein hochentwickeltes technisches gerät von länglicher form // woher stammen eigentlich die einzelnen mitglieder des redaktionskomitees? // welches die eigenschaft aufweist, überall und nirgends // prof. tilby, alias stammt

aus barcelona // mit einer ans wahrscheinliche grenzenden sicherheit // cellophan stammt aus port lligat // nach barcelona ((festdeutsch: barke luna, arche lona, barcelonylon)) zu zeigen, weshalb es im volksmund auch vertraulich zu barceloskop verkürzt wird // die abgeschiedene barnarella nimmt aus göttingen, lies: göttin gen, ihre herkunft //
für seine entwicklung // herma phrodt ist düsseldorferin // zeichnet der fortschrittlichste stand // ruach ist stuttgarter ((vgl. prenez votre stutt-garde, madame)) // adam k. dämon gilt als münchner kindl // der wissenschaft aus tausendundeiner
    tausendundmeiner
      tausendunddeiner
        tausendundunserer
          tausendundeurer
            tausendundihrer
              nacht
// die jacobine & wilhelmine grimm-sisters, jetzt dr. med U.S.A. und NY NY wurden in kairo ausgetragen // verantwortlich.
avoid contact.
hot surface.
caution.
das R(ocky) H(orror) S(kop) ist kaum faustlang und flaumen-federleicht // andreas gyn ist in jerusalemme liberata geboren // in der warmen hand. es ist auf celonylon geeicht. // der sarotti-mohr und libidinöse liebediener in barcelonas TOUR D'ARGENT stammt von der elfenbeinküste und hat den hintersinn, menschen beider geschlechter, eben die auserwählten, das salz der erde (w)erde erde als hermaphroditische sonn & mondskinder, androgyne, zwitter und mannweibliche adam kadmon even, wie sie z.b. im redaktionskomitee versammelt sind, aus aller welt, mit hilfe eines ihm eigenen signaltones, der sich bis zu

einer spieluhrmusik steigern kann, aufzufinden und an den ort ihrer bestimmung, eben die stadt am llobregatfluß, zu ver=== führen. dabei erklingt seine weise leise, das uns bereits bestens bekannte:
> flow gently sweet llobregat
> among thy green braës
> flow gently I'll sing thee
> a song to thy praise.

IV,32

LA GRANDE BOUFFE A LA CHINOISE
oder:
wie fühlt sich die barceloneser don kurt schwitterssäule, inklusive diverser wunderkammern, raritätenkabinette und lustmordhöhlen, kavernen, grotten, für einen passabel kultivierten mund ((vestibulum amoris regrediert zum vestibulum oris oder gastronomischen vestibül)) beim anbeißen anknabbern auslutschen ausschlürfen auslöffeln einspeicheln herunterschlucken usw. usf. an.
übrigens hat es um diese +++ leib der stadt +++ speisen +++ herbeizuholen, eines *cello phantom* gespanns windsbräute und um die +++ leib der stadt +++ speisen +++ folge zu erzeugen, keiner geringeren ps-zahl denn der von 2 (zwei) 2 grünen drachen im (D)rachenflug bedurft.
doch das nur am (B)rande.
.... die besten der fleischspeisen sind die lippen des orang-utan.
.... und geröstete kuean kuean /// die schwänze junger schwalben, das mark von büffeln und elefanten /// westlich von den wanderdünen im süden des zinnoberbergs gibt es phönixeier, die die leute des landes yue essen.

UM SIE HERBEIZUHOLEN BEDARF ES EINES GRÜNEN
DRACHENS ODER EINES GESPANNS WINDSBRÄUTE.
.... die besten fische sind die rochen vom dung
ting===see und die sardellen des ostmeeres. /// in der
nektarquelle gibt es einen fisch, der heißt scharlachschild-
kröte. /// er hat sechs beine und perlen wie nephrit. im
kuan-wasser gibt es einen fisch, der heißt you (flugfisch).
er sieht aus wie ein karpfen und hat flügel. /// er fliegt
häufig des nachts aus dem westmeer ins ostmeer.
UM SIE HERBEIZUHOLEN BEDARF ES EINES GRÜNEN
DRACHENS ODER EINES GESPANNS WINDSBRÄUTE.
.... unter den gemüsen sind die besten: die algen vom
kuemlun gebirge. die früchte des baumes des lebens. im
osten des schoe gu berges, im lande mitteltal, gibt es die
blätter des rotholzes und schwarzholzes. im süden von yue
wu am ufer des südpoles gibt es ein gemüse, das heißt: der
baum der erkenntnis. seine farbe ist wie grüner nephrit.
ferner gibt es die petersilie des südlichen hua berges und
die sellerie des yuen mong sees. in tsin yaen gibt es ein
kraut, das heißt: erdblüte.
UM SIE HERBEIZUHOLEN BEDARF ES EINES GRÜNEN
DRACHENS ODER EINES GESPANNS WINDSBRÄUTE.
.... unter den gewürzen sind die besten: der ingwer
von yan pu, der zimt von schau jau, die pilze von yueo lo,
sauce aus aalen und stören, das salz von da hia, der tau von
dsai go, dessen farbe wie nephrit ist, und die eier von
tschang tsch.
UM SIE HERBEIZUHOLEN BEDARF ES EINES GRÜNEN
DRACHENS ODER EINES GESPANNS WINDSBRÄUTE.
.... unter den getreidearten sind die besten: das korn
vom schwarzen berg, die hirse vom bau dschu berg, der
sorghum vom yang schon. die schwarze hirse von der süd-
see.
UM SIE HERBEIZUHOLEN BEDARF ES EINES GRÜNEN
DRACHENS ODER EINES GESPANNS WINDSBRÄUTE.

von bornarella,
vom dandysmus,
geliebtes leiberchen,
den savaldimoh-
alle, so schön
walter und
anna und toni
und evi, und die
fritze, klaus,
renate, toni
des wiener volks-
vorstadttheaters,
brochen
ronaldt
verlag

das kenlmir bredhauer &
die wienerstadtflohmärkte

günter zauberberg und
graf und achim sandrinus,
johannes hérning, christine
elena agazzi e sa sposo,
wis gino, sue-ellen cape und
veikko ivanceanu und
georg löwnert und die sonn
stelley und berghhard
und die muleta, anna
barbara und michel avis,
andré, lea und azcara.
rosy plattner, herbert maurer

dilettandin des wunders
der armen frier: ihr
für cello profan, für
ren und die andern
anders als da damals:
margarete steinwachs,
heinz achinger, coco
familie eugen
heinrich und
beratta und
theater, den
corinna
und den
theater

maike mooszyan, karin
verena auffermann und
helga und walder weiss,
david bennett - bay and
katrin seip, los angeles,
heidi dem reicher walp-
meer akademie, gisela
langenstein, ralf, arche
daniel, pida dominich,
monion fiedler, jutta
berlin, den 22te oxte c2,
helmut eisendle, dieter kühn

schrobjekt (schriftobjekt)

districte cinc (5) cinc:
in seinem bArCeLoNeSeR eLeMeNt das pOsTbArOcKe
tEmPeRaMeNt:

heimlich: die schwitterssäule warnt: kein turmbau zu sündenbabel.
aus städtebaulichen trümmern (hier das gran teatre del liceu, da der palau de la musica catalana, dort der triumf del nort) wie ein puzzle zusammengesetzt, aus den wackeren lettern der ursonate geformt, mit dem mörtel der (F)estdeutschen syntax gebunden, schaumgeboren wie die liebesgöttin aphrodite, sie schlägt das helle euangelische auge auf, kubikmeterweise nach der märchenformel: „knusper knusper knäuschen" auch eßbar (komestibel) ersteht in der abschußbereiten rakete barke luna ein palast, nicht zuletzt auch der schönen kunst.
faktum: nachts, wenn spezialmannschaften der N.A.S.A. auf dem empire state building ihre nachrichten, botschaften in der codorniuflasche und messages automatiques auffangen, hat man sie schon bis zum stern alpha centauri leuchten sehen. sie strahlt übrigens an sich aus sich in elektrischer bläue wie nur das herz-kunst-werk selber.
hoch, dreimal hoch, lebe das HERZ-KUNST-WERK!
vivat - visca - vivat - visca. leuchtfeuerwerk bei nacht, ist dieser bau das 9te (neunte) 9te weltwunder... oNiRiKuM von mondialem maßstab, eine hochgezogene ——— und in stein wie der orgelton ausgehaltene ——— fermate, ah, pardon, trance-séance: das den marinierten monstren mensch auf den leib geschnittene Monstrum Metropole, so wie wir es gerade nicht aus dem grusical kennen.

kapitel fünf (V) fünf, fragment 33–40:

die alte zerbrechlichkeit neu und –
sie fällt ins bodenlose wie alice in wund ...

V,33

aus dem tage — sage — fragebuch:

barnarella:
wie BIN ich? die gleitende angestellte der firma "heaven & company", deutsch: HIMMEL, gesellschaft mit beschränkter haftung, abteilung: das Festdeutsche als ausdruck eines lebensgefühls, unterabteilung: die idiolektale variante der gegenwartsliteratur am beispiel der sprache von N.N., *die erwähnung von fachbereich und fachrichtung schenke ich mir für heute und denke lieber an rabelais. sein idiolektales rabulieren heißt auf französich «baragouin», «charabia» oder ***wenn es soweit kommt, daß jeder bezug zur wirklichkeit aufgegeben worden ist*** «lanternois».
ich nehme den faden meiner verlorenen rede wieder auf:
wie BIN ich? die gleitende angestellte IST törICHt. da steckt ICH drin. ich bin wie?
wie eine närrin, wie jemand, der als gesamte barschaft auf dem langen marsch in die bewältigte welthaltige WELT (anima mundi) eine leere schweinsblase am stock der warmen schulter mitführt.
wie der blinde bei brueghel, wie jemand, der ein erhabenes spielkühnes bein über dem abgrund des kraters der existenz schwingt und der fuß, sobald aufgesetzt, fällt ins bodenlose.
wie alice im wunderland, wie jemand, der die universalilie, da steckt universalie drin, als bild der eigenen psyche in der gesenkten hand bewahrt, den (F)alter ego (einen schmetterling des DU, der flattert) immer vor augen. unsereins hat doch auch seine lustigen stunden. ja, die liebe hat bunte flügel (vgl. amor & psyche).
s~w~i~n~g~i~n~g
i~n t~h~e
b~r~a~i~n.

die närrin, die ich bei dieser livesendung bis zur stunde x noch immer bin, entspricht dem bild auf der tarotkarte mit der nummer 0, the fool, le mat ((vgl. lat: follis tollit peccata mundi)).
wie BIN ich wie ich BIN?
ich werde (auf dieser karte) von einem wilden löwen oder von einem schlauen fuchs oder von einem süßen schoßhündchen hinterrücks ins bein gebissen, die angst vor dem quantensprung ins richtige im falschen leben beißt zu. auf dem quantensprung sein heißt soviel wie: vom anderen seiner selbst (dem (F)alter ego) auf dessen (rock'n) rolltreppe, der modernen charybdis, in meinem deinem isola-ZIONStank, der modernen scylla, in gnade angenommen werden. dieses wunder, an welchem ich dilettiere, ist mir noch nicht widerfahren, sondern auf der vorstufe steckengeblieben, von der es mich, die närrin aus profession seit dem mittelalter und der renaissance, katapultiert*** wohin *** dahin *** in einen welt(T)raum.
ich überspringe hier einiges.
die alte zerbrechlichkeit neu.
ich komme mir nackt vor, dabei bin ich angezogen. ich, die frau mit schatten, mit (m)und/t/erleib, mit weibeigenschaften komme mir heute so närrisch nackt vor wie --- wie --- wie --- ein findelbaby, a new born child, dem sich ein neuer zyklus seines seins eröffnet.
und weiter geht es mit gefühlen.
einige närrinnen (unter unserem volk) tragen antennen. damit kaptieren sie (via satellit II a) ströme und sind sich nie nie nie als sender, sondern immer nur === bitte nach ihnen allergnädigste werteste liebste deutsche sprache === als empfänger vorgekommen. diese närrinnen sind, wie bereits der name der rose sagt, närrisch. sie schelten sich „vogelfreie ko-autorinnen" und: „origin(k)alkopistinnen".
et ego. ich auch.

andere närrinnen (aus dem bürgertum) hängen wie findelkinder an einer nabelschnur ((der verbindung zur kosmich, kos-misch, kos-m-elegischen einheit)), die sich zu spiralen aufrollen kann.
sie kann.
eine spirale umflort das herzkunstwerk in der flamme. eine zweite die alte fragilität neu, eine dritte die vagina beata derer von und zu sperma, eine vierte und letzte: die krea(k)tivität. am anfang steht die tat.
ich könnte, ja, ich könnte können. immer habe ich die tatkraft des mannes bewundert, der am globus dreht.
auftritt: das verlangen nach mehr oder die DIVA DANDY.
((eros bios-graphisch: sie ist über ein meter achtzig groß.))
wie bin ich? ich bin WIE eine närrin, die schwarz-weißblind ist, weil sie immer nur grün sieht, wo die ampel der sexuellen erfüllung auf rot steht, wie eine surre-alice, die an der diskrepanz zwischen
≈voli me tangere≈ und
≈noli me tangere≈ leidet,
weh über die blöde verblendung, und warum gelingen in den heures d'ouverture der bibliothek meines lieblichen leibchens ((täglich von 16:00 – 22:00)) die wunder nicht?
ich habe nun *** dieses gliederreißen *** einmal eine sonntagsseele *** dieses gliederreißen *** und keine alltagspsyche von montag bis freitag. ich gehe entsprechend ((nach der formel: mrs. frees dom)) meist overdressed oder embryonal & nackt und nie ((nach der formel: mrs. anys body)) freizeitgelockt. mein bonmot, das dem alltag dient, ist ein wort zum sonntag: froh froh froh, ihre sonnen.

W iederholung
                der
                              N iederholung
A   wie b A rcelona.
B   wie B arcelona.
C   wie bar C elona.

apologetisches letternspiel der nostalgie. gelbe blume einer versponnenen städte-roman(n)-ti(c)k mit roten pigmenten. metropole, in deren gehobenen garküchen es im dutzend, im schock — die in der weltbibliothek eines feinschmeckers nicht fehlen dürfen —

A   ustern
B   estern
C   estern

regnet. gastronomenHIMMEL!
ausrufungszeichen stellt der wirt ((dem parasiten)) in rechnung. wie oft ((festdeutsch: rekurrenz-frequent)) ich bereits ((vor diesem leben?)) = ein verkanntes genie= in ihrem häuserdschungel und temperamentendickicht untergetaucht bin und glücklich meiner selbst inne werden konnte.

barnarella. poetin, die in lasker-schülerschem übermut wie kobolz luftwurzeln schlägt, war auf einer vorstufe dieses farblosen geruchsfreien geschmacksarmen ICH bereits

zur zeit der römischen
zur zeit der arabischen
zur zeit der kastilischen

oberherrschaft da —
und der amerikanische imperialismus ist im kommen.
gibt es etwa in europa, in europa etwa positionen zu verteidigen? das frage ich mit gebotenem MAX ERNST in vollem KURT SCHWITTERS. ((der idiolekt ist faktisch auch bloß eine enigmatische redeweise.))

die W///E///L///T, nach der ich maßlos giere, ist ***doch ich schweife ab*** ein einziger abbildaufguß. ganz früher war die erste, dann kam ungeniert die zweite, und jetzt jetzt jetzt leben wir bereits in der dritten natur, welche die erste und zweite auf disketten speichert. aber mit der welt als dritter natur ((vgl. auch die tarotkarte mit der nummer XXI)) ist es so eine sache:
je näher DU sie anschaust, desto ferner blickt SIE zurück.
desgleichen die stadt der städte, diese stadt umgibt sich mit einer AURA. alles, was ich hier +++ und wie keramikbruchstückhaft immer+++ skizziere ((eine andere, die nach mir kommt, wird es ausmalen =ich denke bei dem kolossalen ölgemälde, das jeder proportion entbehrt, an cyra de saint-pierre oder ciranda de pedra=)), ist schon festgehalten worden.
rede, damit ich dich sehe!
ausrufungszeichen stellt der wirt ((dem parasiten)) in rechnung.
die welt, welche bekanntlich auf OMEGA endet, war nämlich niemals o r i g i n a l , sondern ist immer schon originalk o p i e gewesen.
dazu aus berufenem munde cello profan:
„das ganze, welches die wahre ware wäre, ist auseinandergenommen, zerbrochen, découpiert, scherbengesicht, scherbengericht, spiegelsplitterwerk, punctum aliens."
ad me ipsum: ich alias alias, die mit ihm im stoffwechselverkehr steht, trage mein stadtviertel um die plaça reial wie einen aufblasbaren plan im herzen. die farbe des luftkissens ist gülden, sonnenüberströmt.
gelbe blume meiner versponnenen städteromantik mit den vier blutstropfen der grafen von barcelona in der senyera. verwundung des hellen. DUNKHELL. die fahne in nationalfarben voran. streifen.

catalunya triomfant
tornara a ser rica i plena
endarrera aquesta gent
tan ufana i tan superba
bon cop de falç.
und der tiefere sinn meiner worte kulminiert im imperativ:
ab=streifen!

V,35

septem (7) septem horaz dormire satis est, zu deutsch: 7 (sieben) 7 stunden horaz-lektüre ergeben in destilliertem zustand eine (1) eine stunde gesunden schlafs.

BARNARELLA-SUPERSTAR
.... productions presents ::::::

d/i/e m/e/i/s/t/e/r/s/c/h/l/ä/f/e/r/i/n,
ein aus dem veritablen leben gegriffener bericht.

......
was nun hinwiederum traun fürbaß fürwahr den beruf der „„"meisterschläferin"„" anbetrifft, so habe ich mir früh mich selbst zum vorbild genommen (von „„"meisterdieben" und „„"meisterköchen"„" ein andermal). und zwar heiße ich in meiner familie der säulenheiligen der europäischen & weltliteratur unisono g/a/n/z/m/u/n/d, weil ich so wolllüstig wie wenig wie gewählt wie gewichtig esse ((nach salvador dalí wird die neue schönheit komestibel sein)), und ich heiße (T)raumpflegerin der deutschen literatur, weil ich im süßen schlafe dichte, und das heißt: ohne zu lieben liebe und ohne zu sterben sterbe.

dazu der lateiner moerike (edouard):
somne levis!
quamquam certissima
mortis imago,
consortem cupio te
tamen esse tari.
alma quies, optata veni!
nam sic sine vita
vivere, quam suave est,
sic sine morte mori.
und der magier hamann befeuert die schläferin:
nicht leyer, noch pinsel,
eine grubenlampe für deine muse,
die dunkelkammer der westdeutschen literatur damit auszuloten.
in der deutschen literatur gibt es ja bekanntlich ((wie in unseren herzen)) zwei kammern. die dunkelkammer der westdeutschen literatur, auf welche aus heiterem HIMMEL, gesellschaft mit beschränkter haftung, ein sprachgewitter herniedergeht, und die funkelkammer der festdeutschen literatur, die cello profans a...chate, b...erylle, c...hrysolithe verklären wie ein geschmeide. (((und es soll schon vorgekommen sein, daß barnarella cellos phan=taste angeschlagen hat.))
kurzer spruch mit langem o. so.
wie die westdeutschen der dienst an der pegasuse beflügelt, weshalb sie in einer wilden yangbewegung nach oben entschweben, so verleiht mir die apologie der horizontalen weltanschauung ((idiolektal: der status quo im alphabett)) gewicht und zieht mich in einer phänomenalen yinbewegung nach unten. (das sogenannte urwort (M)orphisch soll beide bewegungen enthalten.)
rede, daß ich dich sehe.
dieser wunsch wird dem dichter, der dreisprachig aufgewachsen ist: westdeutsch, festdeutsch und idiolektal,

durch seine wort(neu)schöpfung erfüllt. er übersetzt also: aus einer engelssprache (dem kyriologischen) in eine menschensprache (das festdeutsch), das heißt: gedanken in worte – sachen in namen – bilder in zeichen usw. usf. (vgl. dazu en français dans le texte:
CREATION FRAICHE A TOUTE HEURE LIVRE RAISON A DOMICILE!
((zu deutsch: die wortneuschöpfung an und für sich selbst liefert vernunft frei funkelkammer)).)
wie mein diensthabender privatsekretär, S.A.R.otti amor von der elfenbeinküste sich auszudrücken beliebt: siehe, darum geschieht es, daß ein westdeutscher autor, dessen geschmack acht tage alt und beschnitten ist, lauter weißen überzogenen entian – zur ehre menschlicher nothdurft! – in die windeln thut, das findelkind barnarella, alias hieronyma (k)anonyma im gehäus, aber arbeitet im (F)liegen.
ich arbeite im (F)liegen, weil ****langes weil**** alles geschehen zwischen HIMMEL, gesellschaft mit beschränkter haftung und erde (w)erde erde, sich auf dem horizont abspielt, dem lotterbett der schöpfung und dotterbett des dirigenten, gelobt sei sein name.
BERESCHIT BARA ELOHIM
AET HASCHAMAIM
WE AET HA ARET.
(am anfang schuf der dirigent, gelobt sei sein name, himmel und erde ((und barcelona, welches auf der erde ruht, stößt an den himmel an)).)
die sprache der M-phase (bei heraufgestimmtem bewußtsein) ist auto-melo-manisch. das war er, der goldene eisatz eins. und ich kann alphabettler und omegoisten nur warnen: wer sich vom dotterbett des horizontes erhebt (horaz: clari giganteo triumpho cuncta supercilio moventis), tut es auf eigene gefahr. ich übernehme keine verantwortung, sondern laufe aus in unbewußtseen aus wörtermeeren.

V,36

documentos criticos

la pintura mineral de cello phan
        teatros de piedras
        con formas altivas
....

... a roger caillois le hubieran gustado las telas de cellophan que expone en la galeria françois petit. son retratos de piedras. pero no piedras cualquieras; son los guijarros de marmol y las pizarras de la punta del sortell de port lligat, a dos passos de su casa. piedras moldeadas por el viento y el mar puestas en escenas como teatros minerales con formas humanas.
... por que las piedras? ellas contienen la memoria de su pais; pero para cellophan son sobre todo el pretexto de su investigacion del mundo, de su larga y pacienta conquista de una interioridad inmovil y estable, igual que el vehiculo des sus sueños.
... la piedra le conduce a la gruta, vientre y sexo a la vez, liberado del misterio de los cuerpos femeninos cuyos contornos dibuja antes de reconstruierlos en el espacio, andamiando piedras sobre piedras, guijarros y bloques conjuntos que pinta sin que pierdan sus caracteristicas, su textura, su color.
... nada de illusionismo ni trompe-l'œil. estas figuras de piedra que se titulan »»»mujer echada«««, las »»»tres gracias«««, »»»mnemosine««« o la »»»alegoria da la memoria««« son el alfabeto de la creación; por otra parte, la calidad de la pintura es evidente, los ocres, los grises, los verdes, los amarillos, los azules grisaceos tienen lo mate de la roca y el calor solar, dan a este universo mineral humano una presencia que no atrae solamente por su rarezza.

... si hay algun equivoco, no duro mucho, ya que cellophan no realiza esfuerzos; sencillamente pinta cuadros.

pierre cabanne

....

V,37

       piedras, palabras en potencia
oder:
       las piedras filosofales

x x x x x x x x x x x x x x x x x x x x x x x x x x x x x x x x x x x x x x x x x x x

der weiche sitz der firma: HIMMEL, gesellschaft mit beschränkter haftung (in einfacher klammer: das haus des postbarocken temperamentes in seinem barceloneser element) ((in zweifacher klammer: enthält u. a. das berühmte steinwachsfigurenkabinett der lüste und das berüchtigte steinwachsfigurenkabinett der früste)) steht und besteht auf dem festen boden der erde (w)erde erde, und zwar in der PEDRERA, einer don antoni gaudí-um-architektur, ecke carrer de provença und passeig de gràcia.
er ist nach der grußformel: ≈ut pictura musica≈ von den kellergewölben bis zu den dachterrassen erdichtet und zwar genau wie die don kurt schwitters- (einfache klammer: vater des merzkunstwerkes) ((zweifache klammer: urheber der schwitterssäulenstadt, des 9ten (neunten) 9ten weltwunders)) -sche ursonate aus buchstaben.
vgl. pögiff kwii Ee. lanke trr gll, lümpff tümpff trill, die von der frau aus wörtern und alpha==bett=lerin am buchstab — vgl. zaet uepsillon iks wee fau uu tee aess aerr kuu pee oo aenn aemm ell kaa ii haa gee aeff ee dee bee aaaa— in weißmagischer absicht so zusammengesetzt worden sind,

daß ihre feste folge das merzkunstwerk der stadt und das onirikum von mondialem ausmaß ergibt.

der weiche sitz der gesellschaft: heaven limited, in der barnarella von sonnenauf- bis sonnenuntergang zu einer unmenschlichen bedingung ((der conditio sine kanon)) arbeitet, ist im sinne des steins der weisen auf den namen: die steinerne, katalanisch: la pedrera, getauft. über dem tor steht für solche, die bei tage blind tun, was sie bei nacht hell sehen:

visita interiora terrae rectificando invenies occultam lapidem.

cellophans vater ricart +++anders als dieser malER, war jener cellist+++ soll bei der einweihungsfeier, zusammen mit seinem bruder lluís an der vio=leine, ein konzert gegeben haben nach der genußformel: SOLO IN EMERGENZA und solistisch aufgetreten sein.

V,38

sie bebt. sie kann gar nicht genug luft von anderen planeten bekommen.

la fenêtre sera ouverte, entrouverte, fermée, elle donnera sur l'étoile. l'étoile montera vers elle, l'étoile devra l'atteindre où passer de l'autre côté de la maison.

definition des herzkunstwerks in der flamme von andré breton und paul eluard aus dem jahre 1930. passim.

verstreutes aus der ersten tantrischen nacht.
/// der mann überreicht ihr seine visitenkarte auf einem silbertablett: dr. phil. habil. phallus erectus /// die steigerung ins ermeßliche hat bereits begonnen. (T)raumpflegerin und (H)erzkünstler ergeben, miteinander malgenommen, durcheinandergeteilt, das juwelenpaar. /// er wirft sich mit dem billet doux (durch)lässig in die opaline schale des glücks /// die spannerraupe zieht sich zusammen, bevor sie sich ausdehnt. /// sein nachtblaues lid ist asphodelisch gesenkt. mademoiselle vagin(k)a beata begrüßen IHRO GNADEN aus dem hause von und zu gebührend. die frau mit weibeigenschaften, mit (m)und/t/erleib, mit schatten ist live da. /// auftritt der held, ein (H)eros bios und (nach strich und faden erlogener) liebes=romann. /// auftritt der held. /// dr. phil. habil. phallus erectus überreicht ihr (stellvertretend für das magische barcelona) seine visitenkarte auf dem silbertablett. veni vidi vici — hier bin ich, hirt des sturms auf meiner tramuntana scham gürtel, ah, nah, yah, taunnnnnnnnnnn.
/// barnarella-mnemosyne posiert als schlafender strand. sie belegt /// mit ihrem lieblichen leibchen /// der länge nach die eiderdaunen des horizonts. ah, das kolbenförmige barceloskop, der vertikale impakt. die öffnung der burgunderpurpurschneckenroten schamlippen venezianer provenienz erfolgt theatralisch. /// oralisch /// bilabiale sprachströme überschwemmen das andere ufer. /// seine theaterhand begreift den unbewußtsee im wörtermeer. /// ah, nah, yah, taunnnnnn.
seine vorliebe für höhlengleichnisse, kavernen, grotten, tropfsteinhöhlen, covas, somptuös ausgekleidete s(ch)atztruhen, kästchen, schatullen /// wie gesagt: klitoridal der kamm, den cellophan im sturme nahm. /// barnarella faßt das gewebe seines schamgürtels wie einen zügel. /// und: oh wunder über wunder ((ah, nah, yah, taun)) dieser zügel hält, was das unterpfand verspricht.

ZYRRHUSWOLKENKÜSSE
(abgekürzt: zirr-küsse).
speichelüberflüsse.
herzensüberdrüsse-ergüsse.
die prinzessin barnarella von sperma auf ihrem araberhengst mit goldmähne läßt aus der ferne von
all-sternen
oh-sternen
frenetisch grüßen.
sieh, der gute liebt so nah.
geweihte leiber schließen sich zur nähe zusammen und die kupplerrolle der lieben lauen luft entfällt aus der losen la main.
wie gehabt:
A   wie mor geht
B   wie arnarella und
C   wie ellophan vor.
/// wild-fest-serien /// der prämoderne arcimboldo (vgl. orlando barthes: rhetoriker und magier) hoch zwei nennt diese seine koseform der osmose: MR. ANYS WAY und stützt sie auf barnarellas schoß von MRS. SOMES BODY und auf die plattform der barke luna als EVERYS THING. /// seine malbewegungen sind wie die von (T)raumtänzern à la bob wilson verlangsamt /// seine sinnesorgane, nach innen gerichtet, sind nach außen fest zugezurrt /// vorsicht:
sChWeBeNsGeFaHr!
/// zeitgleiche /// eidotter /// die buccale betäubung.
es vergeht kammermusikalisch zeit, viel zeit, gemessen an der einzigen uhr, die nach der venus und mit der venus nachgeht.

V,39

r.u.a.c.h., der regisseur und alles andere auch, streicht im auftrag des redaktionskomitees von der Alarm- Charme- Warm- Harm städter rosenhöhe die
    doppelbildbeschreibung
    einer halbfrau aus der oderwelt
oder:
    salvador dalí fecit anno 1945
                    satzlos.

V,40

mes places fortes

le fait que moi-même, au moment d'écrire, je ne comprenne pas la signification de mes chapître, ne veut pas dire que ces morceaux n'ont aucune signification: au contraire leur signification est tellement profonde, complexe, cohérente, involontaire, qu'elle échappe à la simple analyse de l'intuition logique... car nous, surréalistes: nous sommes du caviar, et le caviar, croyez-moi, est l'extravagance du gôut, surtôut en des moments de famine irrationelle. salvador dalí

c=e=l=l=o schlägt die p=h=a=n=t=a=s=t=e an:

die frauenfigurenkunst der romanzwiebel brnrll in Asthmatischer Dogmatischer Mathematischer Pragmatischer übersicht:

BBBBBBBBBBBBBBB

hieronyma (k) anonyma im gehäus, murex und purpurea, alias alias und und und, mit prof. tilby, alias dr. bidabo, alias cand. dab., alias stud. oh! liiert.

RRRRRRRRRRRRRRR

barnarella, wurzellose, flügelleichte dichterin, vom elternhaus aus dilettantin des wunders vom dandysmus der armen. die jene welche einzige alleine, meine, meine, meine.

NNNNNNNNNNNN

hyazinthe narziss, ihr schatten, schlemihl, ihre doppelgängerin, doppeltes lottchen im lotterbett mit r.u.a.c.h., von beruf & funken alles andere auch.

RRRRRRRRRRRR

anoregin(k)a rex in coelis, magersüchtige königin der firma: HIMMEL, gesellschaft mit beschränkter haftung, sogsüchtig, im prinzip prinzipienreiterin, schreit aus vollem halse, die gierige, nach mehr, mehr meer her und so weiter auf der oberen tonstufenleiter des heraufgestimmten bewußtseins. (schläft mit einer ganzen reihe von temperadementiell bedeutenden partnern, darunter an der obersten stelle mit dem halbgott: sebastian ele-phan-tasiast.)

LLLLLLLLLLLLLLL

ganz aus wachs, cyra de saint-pierre luso-brasilianisch auch unter cascantiñhas auf den na floresta de tijuca-namen: ciranda de pedra getauft, steht im museu de cera in der rambla santa monica links von der eingangstür und zwar in einer pose, genannt prose verkehrt (verkehrt) mit jonathan von onan.

LLLLLLLLLLLLLLLL

ganz aus stein, die dame mit dem regenschirm, macht ferien vom strICH im parque de la ciutadella, links neben ihr ein rhinozeros (live), rechts neben ihr die senyera mit den quatre barras, und hinter ihr, ein dritter augentrost: das meer.
die dame tanzt mit dem schirm seil. sie entgleitet dem horizont des seils der sprache mitnichten, und plissiert im spaghat ihren rock zu falten, den eine reine seidenkreation per seele säumt. sie vertraut sich in sachen körpernähe herrn monsieur don bimbo bombi und überführt das temperamententempodrom bei gelegenheit eines hafengeburtstages im jahre 1989 von barcelona am llobregat nach hamburg an der elbe. dort tritt sie dann als denkmal der entfesselten titanin in erscheinung, vorne luftspiegelung und hinten koloss auf rädern, ausgetrickste hexe auf einer achse mit dem aequator .
vgl. über die erotische liebe auch platon:
ferner war die ganze gestalt eines jeden menschen rund, so daß rücken und brust im kreise herumgingen ... und kreisförmig waren sie selbst und ihr gang, um ihren erzeugern ähnlich zu sein. an kraft und stärke nun waren sie gewaltig und hatten auch große gedanken ...
dies gesagt, zerschnitt zeus die menschen.
wortsetzung sehr frei nach platon: jeder von uns ist also ein stück von einem anderen menschen, da wir ja zerschnitten (di-vi-du-iert) ... worden sind. also sucht nun immer jeder seine früheren bestandteile (im besten falle hälften) dies verlangen und trachten nach dem ganzen aber heißt:
liebe.

V,40

B wie B arcelona

barcelona ist für mich die geblieben, die paris früher an sich war: eine stadt der sinne. eine stadt der sinne aber bezeichnet das festdeutsche als „„„ort irgend"""". der ort irgend ist laut lexikon der jacobine & wilhelmine grimm-sisters ***nachgeschlagen unter I mit verweis auf O*** „„„ein fürsprecher der unterdrückten und somit eine anrufung der ununterdrückten sinne"""". das irgend ist ein ort der kunst des umgangs mit den sinnen in der lebenskunst, ARS VIVENDI, deren wir in hamburg (sic!) so sehr ermangeln.

gasthaus welt. hier der wirt. da der parasit. dazwischen eine trennwand, zu gleichen teilen mit blut urin kot schleim speichel & eiter bespritzt. eine gelbe blume, von deren roter pigmentierung wir später ein mehreres in erfahrung bringen werden, duftet unsinn.

UND schon ist das essen ((voir la cène et le festin, voir sämtliche maryline-parise der literapurgeschichte)) anthropologisch gesprochen die höchste kunst.

der mensch hat durchaus eine lange grasfresserische vergangenheit als makrobiotische zukunft vor sich.

barnarella beneidet hunde darum, daß sie knochen fressen können. gras ist ihr leider nur in form von fleisch zugänglich.

(G)rundsatz: mit dem essen (minuskulös geschrieben) fängt ES (majuskulös geschrieben), nämlich a/l/l/e/s, an. wortsetzung folgt.

kapitel sechs (VI) sechs, fragment 41–48:

gnadenregen auf eine eidotterweich
sich verflüssigende stunde aus holz

WARNUNG VOR DEM MUND:

DIESES KAPITEL IST STOFFGESCHICHTLICH,
MOTIVGESCHICHTLICH UND
GATTUNGSGESCHICHTLICH AN DEN MUND
((WIE DAS TIER AN SEINEN PFLOCK))
GEBUNDEN.

VI,41

aus dem tage — sage — fragebuch:

barnarella:
wie BIN ich? wie ich BIN ist einfach. von einfach zu steinwachs sind es phono-logisch nur 3 (drei) 3 schritte (vgl. fundamentalistin djuna barnarella coram ((de mortuis nil nisi bene)) publico). ich bin kurzatmig (und weitherzig), ich bin ängstlich (und tollkühn), ich bin dünn (und aufgeblasen), schlicht konturlos. „los" ist überhaupt eine adverbiale endung, die mich kennzeichnet: haltlos fassungslos ahnungslos (b)los(s).
ich bin bloss eine kleine minuskulöse person mit klein b., die sich in die große majuskulöse stadt mit groß **B.** verläuft.
der bunte tropfen in einer farblosen flüssigkeit „hat alles, bedarf nichts und fließt davon über". kann ich diese aussage halten, darf die behauptung stimmen, muß sie sich nicht vielmehr in ihr gegenteil ((festdeutsch: vizepräsidentin adversa)) verkehren und lauten: der farblose tropfen in einer bunten flüssigkeit „hat nichts, bedarf alles und fließt davon über"?
unter welchen geschlechtsspezifischen bedingungen (idiolektal: conditio sine kanon) verkehrt sich mangel überhaupt und schlägt als fülle zu tage—sage—fragebuch? wer wüßte, der weiß.
mein mangel fließt jedenfalls über, und zwar ausgerechnet ins noch-viel-meer aus tausendundmeinem tausendunddeinem tausendundunserem tag.
tausendundunser tag!!!!
an tausendundunserem tag wird der roman(n) (im rohbau) fertig sein, an welchem ich — das uhrwerk, welches nach der venus und mit der venus nachgeht, hat genau mitgezählt — seit tausendundeinem tag arbeitet.

gnadenregen auf eine eidotterweich
sich verflüssigende stunde aus holz
die orale urszene. mein mangel.
das konzept des kilometers schrift ((abgekürzt k.&
k.)). seine fülle.
der zirr === * === kuss.
die vereinigung mit cello-phan im (T)raum.
zeitgleiche. eidotter. die buccale betäubung.
aber wenn ICH (aus mangel) überfließe, wie soll ER mich,
die kontur-lose „wie ich BIN wie BIN ich" dann halten?
es ist alles ganz einfach.
von einfach zu steinwachs sind es phono-logisch nur (drei)
3 (drei) schritte (vgl. fundamentalistin djuna barnarella
coram ((de mortuis nil nisi bene)) publico).
cello-phan (theatER), der ((festdeutsch)) sozio-phreno-lo-
gische urtyp des gestalt-verbrechers hütet mich... haltlos...
fassungslos... ahnungslos... (b)los(s). auf seiner augen-
weide. sein asphodelisches lid ist nachtblau gesenkt. es
schenkt mir, BARNARELLA DIVIDUA, der teilbaren, in sich
selbst nach der formel: „hilfe, ich sind viele", vielgeteilten,
die verlorene identität zurück.
hier bin ich, probehalber setze ich die gewagte behauptung aufs papier (es ist rosa seide). aber kaum steht sie da,
schon verspüre ich eine neue bedrohung: verfestigt uns
nicht genau jener augenblick zu stein ((cellos piedras
filosofales)), welcher uns nicht zu wachs verflüssigt?
und was ist mit unseren gewohnheiten, dem frühen frühstück auf dem dach des hostals ROM A(MOR) in der exquisiten gesellschaft der steinernen gäste sämtlicher kuppeln,
aller kirchen und paläste in der gesalbten runde, dem
„„ramblejieren"", und d.h. dem kometenhaften aufschei-
nen unserer lieblichen leibchen auf den rambles um die
mittagszeit, und endlich den köstlichen spaziergängen unter uns tieren ((katalanisch: animalets)) im ZOO ((fest
englisch: a zed and two noughts))?

ich überspringe hier einiges (1).
es wird dunkel für die erste tantrische nacht. das mantra der kanalisation: ahh nahhh yahhh taunnn. und jetzt ist sein membrum virile schon die schwitterssäule der großen stadt barcelonylon. und wieder verdunkelt sich der himmel: gesellschaft mit beschränkter haftung für die zweite tantrische nacht. das mantra der kanalisation: ahhh nahhh yahhh taunnn.
tibi vortat bene hic coitus. mihi tamen bene vortat. alf laila wa laila.
ich überspringe hier gar nichts (2).
ist es gleich wahn, so hat er doch methode.

VI,42

oRiGiNkAlKoPiE
und
nIeDeRhOlUnG von wIeDeRhOlUnG

tänzelnd-ge(s)tanzte morgenphantasie über ein thema von Michel Serres

.

das herzkunstwerk in der flamme oder was ist ein werk? michel serres, vertreter einer dithyrambischen tanzenden tänzelnden philosophie, der spezialist überhaupt für die orale urszene des europäischen denkens, und zwar in bezug auf humane interaktion seinerseits und eine bühne, deren bretter welt deuten andererseits, sagt dazu: ein werk frißt seinen schöpfer, verschlingt sein fleisch und seine stunden, nach und nach setzt es sich an die stelle

eines körpers (man denke an barnarella, die ihr leben in zauberflöten zählt). diese eroberung bereitet angst.
wer bin ich? dies und das, was schwarz auf weiß geschrieben steht, etwas zerbrechliches (die alte zerbrechlichkeit neu), und das ist mein leib, ist an die stelle meines schwachen leibes getreten. dies ist mit meinem blut ((urin kot schweiß und eiter)) geschrieben. ich blute ((laufe aus)) und werde nicht vor dem letzten (farblosen) tropfen (in jener bunten flüssICHkeit) aufhören.
das merz-kunst-werk schmarotzt an seinem schöpfer. bald wird er (cellophan) sie (barnarella) nicht mehr sein. die (H)eros bio(s)graphie war vergeblich, ein versuch des dammbaues gegen den tod, stigmatisiert mit dem schandfleck des „„„umsonst"".
fertur: er/sie stirbt darüber.
daran vermag sie/er nichts zu ändern.
er/sie lebt davon.
ich esse (oral) meine arbeit und ich zehre (oral) von ihr.
ich trinke diese rieselnde produktion den ganzen langen tag, ich schlafe unter dem zelt ihres tabernakels in der weite ihres (T)raumes. ***ihr die blüte, mir die frucht*** ich lebe schließlich im schatten ihres füllhornes (vgl. cornucopia für matthias thurow).
dieser körper, der in seinen scherben vereint ist, das dividuum par excellence, ohne ihn wäre ich nichts, ein geblähtes nichts, weniger als ein ginkalitzchen.
das werk schmarotzt an mir und ich schmarotze an ihm. ((es nimmt mich im découpagemodus auseinander und setzt mich als agencementmodus wieder zusammen.)) es ist mein vishnu und mein shiva, und das beides zugleich: HERR der pattextuben, die sekunden zur schnur von vollendeten monden binden und HERR der schere, die den warmen leib der zeit zerreißt.

die welt als gastmahl ((vgl. marylins paradiese)). die welt von der oralen urszene der dividua bis zum kultischen ((miralda))objekt einer stadt des vertikalen impakts, die durch und durch kolonialwarenladen und komestibel ist.
la grande bouffe oder das große fressen.
((einschub: wann hätte je ein wirt darüber zu klagen gehabt, daß sein parasit ihn verläßt?))
es vergeht zeit, kammermusikalisch viel zeit, honigseimende zeit. bald werden wir weise tischgenossen sein. bald werden wir uns aneinander angepaßt haben. hoffen wir es ((ES groß und majuskulös, majuskulös und groß geschrieben)).

bald == bald == bald == bald ==

ende der homogenen und leeren jetztzeit, ahnbeginn eines erfüllten quasi messianischen advent — und die große stadt am llobregatfluß eignet sich ikonographisch vorzüglich zum abbild des „es kommt ein schiff geladen" — werden wir uns zu einem sigmund freudvollen leichten und ewigen gastmahl zusammenfinden, auf dem wir nektar und ambrosia miteinander teilen. ja, ich weiß es, mein (über)leben wird symbiotisch.

ende der durchsage im grau-rosa oder schwarz-weißen kanal.

(W)ende.

VI,43

RESURREXITUR
oder:
hier liegt der mund begraben.

grabschrift mit steingriffel auf wachstafel
für das vestibulum (am)oris

hier liegt und küßt sich nicht mehr toll – er war ein
mussi lichterloh – der mund begraben.
o du, deiner, dir, dich, bei dessen erwähnung mir alle
sechs sinne vergehen.
er war ein guter mund und trotz seiner gastrosophischen be-
gabung mehr ein kußmund als ein mund zum schmecken.
zu spät hat er -- dreimal schade um ihn -- lunte gerochen.
sein ganzes bilabiales lippenrund ist mein sinngedicht.
ein erdbeben geht durch den harten gaumen. kos-mich,
kos-misch, kos-m-elegisch, mann im mund.
zeimlich viel wind für ein pars pro toto?
der mund als supernova, phönix in der asche,
weltwunder sondergleichen:
glob///ALL.
te decet hymnus, mund.
denn du brachtest den klügsten einfall, den du jemals
hattest, ans ende: du hast dich geschlossen.
cadimus in obscurum.
mein mund hat es nach seiner devise: «««contre fortune
bon cœur»»» klaglos vollbracht.
wir hinterbliebenen stehen an seinem sarge und zweifeln
nicht, daß er an jenem tage, von dem die theater-
geschichte der fernsten zeiten spricht, als kleines transpo-
apportables welttheater wieder auferstehen wird.
resurrexitur.
das letzte wort hat ihn.

VI,44

ginka steinwachs productions presents:
barnarella superstar makes spectacle of herself.

da kommt sie herangetost, die windsbraut, mundsfee, schamlose. eine dilettantin des wunders, welche auf würde hält, stiehlt sich selbst die schau.
einführung in die verführung durch vorführung oder: von der frau mit schatten, mit weibeigenschaften, mit (m)und/t/erleib als einer instanz, die noch über die spitze der kirchtürme der sagrada familia-kathedrale auf das dach der schwitterssäule hinaufpowert und endlich dem wetterhahn aufsitzt wie der angelus novus einer geburtstagstorte. bei den castellers, den menschenturmbauern der hochgebauten stadt barcelonylon, die im hundert auftreten und vorsichtig ((pam a pam)) fuß auf schulter setzen, hat sie ihre grundausbildung gemacht. die firma: HIMMEL, gesellschaft mit beschränkter haftung, hat das viel-ICH der dividua zur stunt-woman fortgebildet. die superstar ist im konzept der barke luna bereits immer schon not- & wendig mitgedacht. und jetzt kommts:
die kleine minuskulöse barnarella, gründungsmitglied eines weltweiten THEATERS DER WANDLUNGEN ((das nur einen grundsatz ausgestaltet: der absenz von permanenz)), ist — wie vor ihr frégoli und mit ihr carles santos — verwandlungskünstlerin, aber wie. sie benutzt uns ((aus lesern werden lekt-akteure, aus zuschauern werden spekt- akteure)) als trampolin für den aufschwung in ihren manifesten bombismus. wir scheinen in ihrem universum auf, und zwar als vor === wand und projektionsfläche ihrer ELE === phanta === SIE.
sie ist verwandlungsfähig wie proteus-pat oleszko aus N.Y., N.Y., und das heißt, die überseeische gesellschaft selber, in der sich im zeitraffer von sekunden industrieimperien

gründen. ihre vorliebe für stoffe von macy's, korvettes, bloomingdales mit den drei GLs wie glamour glanz & glitter, die auf den ersten blick fade nach EROS CENTER scheinen. aber wie anders ((nämlich rituell, zeremoniös, hochamtlich)) werden sie eingesetzt. da sind die laufenden meter vom ballen, an denen MIRALDA seine freude hat, als schamanistische lebensbrücken und reichen vom POLIORAMAtheater auf der höhe bis zur CUPULA VENUS in der tiefe der ramblen. der stoff, aus dem die tage sind, wird aufgerollt wie das konzept des kilometers schrift ((festdeutsch: k. & k.)), wie commodore 64 (vierundsechzig) 64-endlos-papier, auf das die n...aive n...ative aus allen wolken ((der inspiralation)) aus dem rahmen der firma: HIMMEL, gesellschaft mit beschränkter haftung fällt.

        ALL / STERN / SCHNUPPE.
vive la différence.
vive le roi cellophan.
ihr sturz, das solo in emergenza, ist ein da capo al cine und hält den augenfilm der zuschauer oder das daumenkino der leser in fluss.
über einige aspekte von barnarella-ARKANARELLA ein andermal.
das mit längen- & breitengraden ausgestattete denkmal der entfesselten titanin ist monumental. aber dieser umstand läßt uns ganz kalt. es sieht aus wie die freiheitsstatue und dieser aspekt gewinnt ihm unsere gunst. folgt ... folgt ein auszug wie ein extrakt wie eine kostprobe wie ein geschmacksmuster wie eine postwurfsendung wie eine zeitungsbeilage wie ein quentchen wie ein versatz — wie ein (B)lumenstück wie eine idioletkale homöo-apathische dosis wie ein häppchen wie ein vorgeschmack wie ein hoffnungsschimmer wie ein sonnenstrählchen wie ein elegantes elementarteilchen wie ein ginkalitzchen: das mehr an freiheit, der (m)angelpunkt.

als solches mehr der freiheit ((festenglisch: mrs. frees dom)) steigt sie von dr. phil. habil. phallus erectus in pylon-, in turm-, in säulenform herab und hält mitten unter uns umschau.
überhaupt hört die superstar auf der erde (w)erde erde auf. ihre himmlischen vergrößerungen in einen von ihr selbst vielbeschworenen maximalismus, von dem sie sich die tendenzwende verspricht, sind immer zurückführbar auf irdisches. nicht nur das lachen (eines metaphysischen clowns), ein frauenlachen im (m)unterleib, ist bei ihren perfomances mit eingeplant, sondern auch ein ansteigen des ((erotischen)) appetits auf ((orale)) labsale. der festsaal, in welchem sie ihren auftritt zelebriert, gilt ((festdeutsch)) als labsal.

die superstar ist beides in einer person: GEISTESBLUST ((auf dem wetterhahn)) und FLEISCHESLUST ((im labsal)). und um noch wieviel mehr personen sind die diva dandy.
und jetzt kommt etwas merkwürdiges: eine von den vielen personen, die masken für barnarellas ego sind, die in sie eingehen und späte opfer von hegels FURIE DES VERSCHWINDENS werden, bin ich.
wie BIN ich wie ich BIN?

> gegeben im wonnemonat mai im museum zur billigen erstarrnis, dem musentempel des sexten ((appeal-sinnes)) um sechzehn uhr.
>
> g. st.=

so ist doch immer unser mut
wahrhaftig wahr und bieder gut.
und allen perückeurs und fratzen
und allen liter*arsch*en katzen
und räten, schreibern, maidels, kindern
und wissenschaftlich schönen sündern
sei trotz und hohn gesprochen hier
und haß und ärger für und für.
weisen wir so diesen philistern,
kritikastern und ihren geschwistern
wohl ein jeder aus seinem haus
seinen arsch zum fenster hinaus.

J. W. v. G., 1772

VI,45

    hymnus an die gegen - öffentlichkeit
    ((((ein kont - roll - organ))))
    oder:
    das war einmal
    das war keinmal

barnarella-arkanarella, im begriff eines zu haben, will kein coram publico mehr. die große öffentlichkeit erscheint ihr ***wie im tibetanischen totenkult*** als eine leere schale, und nur die kleine gegen-öffentlichkeit, das korrektiv der ersteren, zieht sie in maßen an.
ihr seid blutegel, schreit sie, durch die bank blutegel, empört sie sich, die kritikaster als wohlmeinende verleumder von der presse an erster und die verleger als verwerter fremden gedanken-gutes an der zweiten stelle.
die kampfbegriffe: kritikaster und verleger wünscht sie sich eingraviert. selbst der wohlmeinenden schar getreuer speichellecker vermag sie in dieser besonders schönen weißen gelben orangen roten grünen blauen violetten rosa woche im turbu=lenz nichts abzugewinnen.
pe-a-er-a-es-i-te-e-en.
sie hängen an ihren lippen, leeren den silberpokal des ab= satzes bis zur neige, schmarotzen am randvoll bemessenen teller der seiten, kratzen die schüssel des innovativen reinen neuen tons bis zum ((festdeutschen)) satz vom grunde aus.

verbales ganoventum.
wild-Fest-serien.
frau wirtin.
das ist die lage.
da produziert sie nun eine welthaltige kleine welt auf die pantalla (katalanisch: leinwand) ihrer einbildungskraft,

und die leute können es nicht fassen. das geht nun schon so von lesung zu performance seit den iden des märz, wo alles ((idiolektal: knall auf einfall)) begann, denkt die wurzellose flügelleichte auf der geraden mitte zwischen M-phase und X-tase. ich übersetze mit „"„gram""", die eine und mit „"„wut""" die andere für die nicht germanophonen aus dem (F)estdeutschen ins (W)estdeutsche.
fertur.
der tag, der an diesem tag geschrieben wird, ist der elfte (11.) elfte mai. noch elf (11) elf tage bis zum zweiundzwanzigsten und die blutegel sind randvoll mit reiner tintentinktur, destilliert aus meines körpers säften.
(vgl. die alte zerbrechlichkeit neu.)
trunken sind sie, volltrunken werden sie im rausch eines genusses, der mich, die frau gastgeberin des festmahles im labsal zunehmend dahinrafft.
fragen: wer oder was tut mir gut und was ist ein coram publico? wie tut mir etwas wann gut, und warum habe ich so lange kein großes öffentliches, sondern immer nur ein kleines gegenöffentliches publikum gehabt?
weshalb löscht mich die große majuskulöse öffentlichkeit fast von der speicherdiskette meines computers, jetzt wo ich sie habe, beziehungsweise sie mich hat?
diese frage gibt das zeichen.

VI,46

aus der tie vie serie:
       das postbarocke temperament
       in seinem barceloneser element:
beitrag zur menschlichen fauna des operncafés

HOMOLULU, fast ein gedicht
oder:
REQUIEM für OCAÑA

auf den brettern, welche welt deuten,
in bengalischen feuern als sonne verglüht,
sieht die fliegende dichterin barnarella,
von beruf dilettantin des wunders,
OCAÑA am arm des gecken grafen trapani,
ah pardon, terenci moixs,
umhalst vom stolzen fürsten zu isenburg-
birstein, nein, sondern enric majó,
als frau verkleidet auf der rambla
von der statue des seefahrers colon am meer
bis zu den tauben der plaça de catalunya
hinauftrippeln, die letzte blüte der
bourgeoisie, no,
dem widerspricht seine
andalusische herkunft,
ein komischer vogel
Jenseits goldener käfige,
der schein von freiheit,
unter lauter buntgefiederten genossen
in verschlägen.
an den ramblen sind es
die HÄHNE, welche schrill in den
blauenden morgen
das resurrexitur krähen.
r e s u r r e x i t u r, sein hut, ein bündel
frou-frou schwingend, lädt federn aus,
wippt mit samt- und seidenbändern,
die wehen. sie wehen.
das transvestiment.
der mund lächelt, die farbe
ist eineindeutig

venezianer herkunft —
burgunderpurpurschneckenrot
für eine nahe zukunft verheißung.
das auge, glitzerperlenbesetzt,
aber nur in nahaufnahme
versteht sich,
seit dem rasiermesserschnitt ‚ratsch'
von buñuels film: UN CHIEN ANDALOU
trägt eine sonnenbrille.
es geschieht in seinen privatgemächern
an der plaça reial.

da — neben barnarellas und cellophans pis — im hostal
ROM A(MOR), läßt er sie täglich auf- und untergehen, in
scharen von engeln mit röcken aus pariser silber-brokat
auf pappmaché, denen farbe wie fett vom gesicht trieft à
volonté, die sonne.
position de l'énigme (ENDE)

anmerkung des redaktionskommitees:
der barnarellafreund ocaña, ein andalusischer maler, der in
der deutschen (!) expressionistischen tradition stand und
ganze prozessionen mit seinen cherubim- hasmalim- manahim- malahim- aralim- ophanim- und seraphim engeln
ausgestattet hat, vgl. dazu auch den autobiographischen
film »»»retrat«««, ist bei einem soloauftritt als sonne in
vanlenáia im sommer 1984 bei lebendigem leibe verbrannt.
er hat damit indirekt einen satz des von barnarellen hochgeschätzten gustav theodor fechner bestätigt, der da sagt:
DAS SONNENLICHT IST DAHER NUR DIE HOCHZEITSFACKEL
DER ENGEL.
die T wie postbarocken Temperamente in ihrem E wie
barceloneser Elemente gliedern sich nach einer faustregel
in groupies, gruppengänger und isolos, einzelgänger auf.
barnarella und cellopahn sind ISOLOS.

sie haben sich ein für allemal gegen die charybdis der ROCK'N-ROLL-TREPPE und für die scylla des ISOLA-ZIONS-TANKS entschieden, dessen stillen frieden ***als liebste musik des volkes der mäuse*** in kafkas josefine, die sängerin, sie gegen opposition auch verteidigen.
cellophan erhebt dann bloß seinen zeigefingerpinsel in die liebe laue luft und barnarella verlegt die triebfeder (m)oralisch in den mund. diese konzertierte aktion ((festfranzösisch: approche de concert)) dämpft den lärm der welt subito. die dem weichspülenden verfahren zugrundeliegende sanfte technologie heißt idiolektal: CON SORDINO.

vorweg ::::
schreiben ist übersetzen — aus einer engel- in eine menschensprache ::::::::::::::::::::::::::
das heißt, gedanken in worte — namen — bilder in zeichen ::::::::
die poetisch oder kyriologisch, historisch, symbolisch oder hieroglyphisch — und philosophisch oder charakteristisch seyn können. diese art der übersetzung kommt mehr, als irgendeine andere, mit der VERKEHRTEN SEITE VON TAPETEN überein oder (sic) mit einer sonnenfinsternis, die in einem wassergefäß voll in augenschein genommen wird.
:::::aus ::::johann georg hamann, magus des nordens
:::::ästhetik in der nuß.

eisprung:
persönlichkeitskarte (personality card) wesenskarte (soul card) und wachstumskarte (growth card). das errechnen der persönlichkeits-, wesens- und wachstumskarte im tarot ergibt sich aus einem zusammenspiel (kat: conjunt) von BARCELOskopie und numerologie.
zahlen sind träger bestimmter schwingungen und symbole. auf grund des geburtsdatums kann man jene karten aus den großen arkanen errechnen, die jedem menschen als übergeordnetes thema für sein leben mitgegeben wurden.

die persönlichkeitskarte zeigt ... jene eigenschaften, mit denen wir in der welt in erscheinung treten und auf diese einwirken. die wesenskarte zeigt die qualitäten, die es im innern zu entwickeln gilt. die wachstumskarte zeigt die energien, die im gegenwärtigen lebensjahr besonders aktuell sind.
für cellophan fallen persönlichkeit wesen und wachstum unter den großen arkanen für den tausendundeinsten tag seiner leibesbeziehung zu barnarella-ARKANARELLA alle in der hieroglyphe, metapher, im konterfei(n), schattenriß und (m)an(n)tlitz des HOHEN PRIESTERS ZARASTRO zusammen. mit der zauberisch geflöteten anrede ZARASTRO auf der verkehrten seite der tapete ist kein würdenträger einer erstarrten institution, sondern der herr über die eingeweihten, der spirituelle meister, ein GURU gemeint, der die funktion einer vermittlung zwischen der ≈ad majorem gloriam dei≈ welt im isolaZIONStank und den menschen auf der ROCK'N-ROLL-treppe übernehmen kann.
er ist erleuchtet.
der erleuchtete hat die männlichen und weiblichen teile in sich vereint und vollständig entwickelt.
barnarella-ARKANARELLA hat die persönlichkeitskarte ((des gasthauses zur lustigen wirtin oder)) der FRAU WELT. die karte der universa-lilie ist die letzte der großen arkanen. mit ihr schließt sich ((der zeitdrachen beißt sich in den schwanz)) die quadratur der erde zum kreis des himmels auf erden.
der unbewußtsee verschwindet im wörtermeer.
ursprung ist das ziel.
stoffwechselaustausch.
cha-osmose. kosmischer orgasmus.
eine graz/SIE im (f)rohen welten-ei als tanzender derwisch.
die explora-terra-ristin und freibeuterin der unbewußtseen an der violeine tanzt sich frei.

die teilhaberin einer bank namens welthaltigkeit von welt ist an ihren sieben-zeilen-stiefeln kenntlich eine eva kadme, ein gynandros, das hermaphroditische sonn- & mondskind.
ihre wesenskarte ist anoregina coeli in terris des postbarocken temperaments in seinem barceloneser element, ihre wachstumskarte — und damit schließt sich der kreis namens::::: immer rund um dich herum::::: ist der HOHE PRIESTER ZARASTRO CELLO profan HIRT DES STURMS und (katalanisch sakral: BON PASTOR). wie jener von seinen vier cherubim hasmalim (cell) ophanim aralim malahim manahim seraphim umgeben ist, so bleiben ihre engel nach der formel:
bleibt ihr engel, bleibt bei mir, auch bei
ihr.

VI,47

B...A...R...C...E...L...O...N...A als schwitterssäule
 (fragment für eine assemblage)

..*.*.*.*.*.*.*.*.*.*.*.*.*.*.**.*.*.*.*.*.*.*
das haus der temperamente wie ... himmelsrichtungen ... die winde ... ist in mehreren ... schichten wie güssen wie arbeitsvorgängen ... aus einer schwitterssäule gemacht. es hat haushohe stockwerke und wechselt in seiner neigung von 15 (fünfzehn) 15, 30 (dreißig) 30 und fünfundvierzig (45) fünfundvierzig grad gefühlsmäßig ... von der lustmordhöhle ... zur großen grotte der liebe. dadurch bietet es jedem temperament von sado-maso bis polymorph-pervers seinen gesicherten ort irgend in form von hetero-gon und homo-lulu. meine antwort auf die frage:

wo ...... wo ...... wo ...... ist das utopische irgendwo? das merzkunstwerk erlöst das temperamenten-eldorado barcelonylon aus dessen horizontaler (eben bloß weiblicher) dämmerlage zur freischwebenden (warum nicht gar männlichen) vertikalen. nieder mit der HORIZONTALEN weltanschauung, her mit dem VERTIKALEN impakt. seine ausdehnung umfaßt insbesondere das (krim)gotische viertel (für oskar pastior) und reicht von der plaça de catalunya, sagen wir vereinfacht im norden, bis zum monument à colon, dem kolumbus-denkmal am meer, sagen wir vereinfacht im süden. was dazwischen verkehrt, ist der fahrstuhl der rambles (einer flanierstraße). seine marke heißt: empor empor endlos. es war beiläufig eine hannoveraner firma, welche das modell auf der letzten weltausstellung, wo es prämiert wurde, herausgebracht hat ((festdeutsch: auch diese made stammt also aus germany)). dieser ascensor führt vom keller über souterrain, hochparterre oder mezzanin und bel étage, über die sogenannten STEINWACHS-FIGURENKABINETTE DER FRÜSTE UND GELÜSTE, die mit uns hölle und himmel spielen, hinauf in die schwindlichte höhe der sagrada-familia-türme des atico oder der dachterrasse und trägt verklärt herzstürmerische absichten im himmlischen busen.
nota bene: einmal im jahr, nämlich an des merzkünstlers don kurt schwitters geburtstag, dreht sich — grundformel rauf, runter, rauf, pünktchen drauf — die säule zum lauten gebell von sibirischen schlittenhunden 360 grad um ihre eigene achse und wird aus diesem solemnen anlaß von präsident pujól, assistiert von bürgermeister maragall, als mona a barcelona, modell in verkleinertem maßstab, in diversen ausführungen von nougat bis marzipan im prokopfverfahren in mehr als zwei millionen stück an die ureinwohner verteilt, und damit *die unverdauliche* verdaulich gemacht, abgelutscht, eingespeichelt und di klicker di klacker verschleckert bis zum herben schokol-ADE.

VI, 48

der SEXTE appeal:

TIBI BENE VORTAT HIC COITUS,
MIHI TAMEN BENE VORTAT.

originalzitat aus den tausendundunseren nächten, die im jahr des dirigenten, gelobt sei sein name 1988, tausendundein jahr alt werden.

ALF LAILA
WA LAILA.

o mein hirt des sturms auf seiner tramuntana scham gürtel, geliebter cellophan, fragte barnarella in der dritten tantrischen nacht, wie heißt dies und zeigte dabei auf ihren schoß, in dem es grünte und blühte.
und cellophan anwortete in arabischer sprache: deine rahim. deine fardsch. dein kuß. dein nudul. der enthülste sesam und die herberge des abu mansur. dein zubur.
und barnarella ((seiner augen weide)) wies den gesteinssammler und maler zurecht: es heißt: die krauseminze des kühnen.
nahes echo: die krauseminze des kühnen.
fernes echo: die krauseminze des kühnen.
dann wechselten die liebenden das blatt und er zeigte auf sein geschlecht, das frucht trug, und fragte: o meine gelobte dilettantin des wunders und frau welt, wie heißt dies?
und sie gab ihm zur antwort: dein zubb. dein air. dein chazuk.
nein, widersprach cellito, sondern dies ist das maultier, welches durch alles dringt, dem die krauseminze des kühnen als weide winkt, das den enthülsten sesam als nahrung

verschlingt und das die nacht in der herberge des abu mansur verbringt.
nahes echo: das maultier, welches durch alles dringt.
fernes echo: das maultier, welches durch alles dringt.
barnarella: DIR, geliebter meiner siebenundzwanzig sinne, die blüte und mir die frucht.

ENTWARNUNG VOR DEM MUND:

DIESES KAPITEL IST STOFFGESCHICHTLICH,
MOTIVGESCHICHTLICH UND GATTUNGSGESCHICHTLICH
VOM MUND ALS QUELL DER WAHRHEIT,
AUS DEM BARNARELLA
ZU IHRER LUST TRINKEN WILL,
ENTBUNDEN.

ABENDLIED:

**DIESES KAPITEL IST STOFFGESCHICHTLICH,
MOTIVGESCHICHTLICH UND GAT-
TUNGSGESCHICHTLICH
AN DEN MOND
(WIE DER TERMIN AN SEINEN KALENDER)
GEBUNDEN.**

kapitel sieben (VII) sieben, fragment 49–56:

herzwärts via lorbeerrosen

VII,49

aus dem tage — sage — fragebuch:

barnarella:
WIE bin ich WIE ich bin? ich bin kurzatmig (und weitherzig), ich bin ängstlich (und tollkühn), ich bin dünn (und aufgeblasen), ich bin ungemein weltgierig und wäre im potentialis (für possilian) gern eine frau, die à la ottinger am globus dreht.
kontinente, und das können auch menschen sein, fliegen im herzrhythmus von längen- und breitengraden vorüber. ich bin süchtig. der tanz der maulbeerblätter im winde ist meine droge.
dafür nehme ich den isolaZIONStank in kauf, einen statt H_2O mit O gefüllten raum, doppelt so lang wie breit, in welchem sich tag für tag, gertrude stein nennt es „„das wunder"", emphatisch: alles, alles, ALLES ereignet.
manchen meiner freunde wird es sehr still um die ohren ((festdeutsch: aurikel)) werden, wenn sie eines tages aus ihren lebensvollen wohnungen in die grube fahren müssen. mir nicht. das lebendige grab ist hier. ich bin hier immer schon lebendig beerdigt, d.h. belüftet gewesen.
ventilation ersetzt inhumation.
zeichen + spuren. wenn ich mich an die aussprüche meiner vielen ICHE recht erinnere, dann hat eines von ihnen, das polymorph-perverse, einmal gesagt, und ein anderes registrierICH hat es zu protokoll genommen: dieses leben als galeerensklavin der schrift sei eine lust! daß ich nicht hystero-affektiv dagegen aufbegehre!! eine lust, dieses leben, eine lust, voll wie das STEINWACHSFIGURENKABINETT DER LÜSTE, nein, ich begehre auf. gegen diese behauptung lege ich widerspruch ein.
sondern wahr ist vielmehr dieses: das werk der tausendundeinen tage, mein parasit, der allerdings ein autonomes

subjekt voraussetzt, dieses werk, mein parasit, zehrt mich, die wirtin des gasthauses zu unserer lieben kleinen welt, einfach weg. ich bin *seine* WEGzehrung. und von einfach zu steinwachs, da sind es phonologisch bekanntlich ... schritte.
wenn ich es mit dem abzählreim, den ich mir auf das leben mache, genau nehme, dann stelle ich fest, ich habe eben soviele ICHE ((vgl. création fraîche à toute heure livre raison à domicile)) wie werke auf meiner palette.
auf je einer achse liegen paarig: das paris-berlin- und das hamburg-barcelona-ich. manchmal bedünkt mich (((aber diesen mehr okkulten themenkreis soll der vierte und letzte band der romantetralogie mit dem titel: ARS MAGNA SOLLERICA auskultieren))), ich hätte noch 3 (drei) 3 ICHE für entsprechend viele drei (3) drei werke in ihren respektiven nischen fruchtblasen welteiern bereit stehen & liegen, so in ZAUBERFLÖTEN wie die sanduhr stunden.
3 (drei) 3 scheint mir auch die summe der ZAUBERFLÖTEN zu sein, nach vier (4) vier aufführungen, die ich bereits gesehen habe, die ich ((festdeutsch: in meinem (GR) ableben)) noch hören werde. die ZAUBERFLÖTE ist mir wie mit einem steingriffel ins wachstäfelchen der seele eingraviert. lachen SIE ruhig über mich: ich zähle mein hinfälliges leben in ZAUBERFLÖTEN.
aber es kommt noch schlimmer:
im isolaZIONStank ist es ganztäglich ganzmonatlich ganzjährig still wie in einer klause ((N.N. nennt diesen aspekt ihres psychoskops die „„„hieronyma (k)anonyma im gehäus"""")): alle menschen spüren die stille, aus der ich komme, einen duft nach noten und viele fürchten sich davor. wenn sie dann noch wüßten, daß ich am hellen ende des finsteren 20. (zwanzigsten) 20. jahrhunderts ad majorem gloriam schreibe...
aber was es damit auf sich hat, das lasse ich aus berufenem munde lieber den magus des nordens johann georg hamann im jahre 1762 erläutern:

„ „ DAS UNSICHTBARE WESEN UNSERER SEELE OFFENBART SICH DURCH WORTE – WIE DIE SCHÖPFUNG EINE REDE IST, DEREN SCHNUR VOM EINEN ENDE DES HIMMELS BIS ZUM ANDEREN SICH ERSTRECKT. DER GEIST GOTTES ALLEIN HAT SO TIEFSINNIG UND BEGREIFLICH UNS DAS WUNDER DER SECHS TAGE ERZÄHLEN KÖNNEN. ZWISCHEN EINER IDEE UNSERER SEELE UND EINEM SCHALL, DER DURCH DEN MUND HERVORGEBRACHT WIRD, IST EBEN DIE ENTFERNUNG ALS ZWISCHEN GEIST UND LEIB, HIMMEL UND ERDE. WAS FÜR EIN UNBEGREIFLICH LAND VERKNÜPFT GLEICHWOHL DIESE SO VONEINANDER ENTFERNTEN DINGE?
IST ES NICHT EINE ERNIEDRIGUNG FÜR UNSERE GEDANKEN, DASS SIE NICHT ANDERS SICHTBAR GLEICHSAM WERDEN KÖNNEN, ALS IN DER GROBEN EINKLEIDUNG WILLKÜRLICHER ZEICHEN UND WAS FÜR EIN BEWEISS GÖTTLICHER ALLMACHT – UND DEMUTH – DASS ER DIE TIEFEN SEINER GEHEIMNISSE, DIE SCHÄTZE SEINER WEISHEIT IN SO KAUDERWELSCHE, VERWORRENE UND KNECHTSGESTALT AN SICH HABENDE ZUNGEN DER MENSCHLICHEN BEGRIFFE EINZUHAUCHEN VERMOCHT UND GEWOLLT." "

VII,50

r=e=l=i=v=i=n=g   p=a=s=t   l=i=n=e=s :
ein funken-barnarella-neues ABC vom carl einstein der weisen.

A	... wie amor geht
B	... wie barnarella und
C	... wie cellophan vor,
D	... och d ... ann d ... ominiert CARL
E	... wie einstein. EINSTEIN.

nein, nicht so wie der erfinder der relativitätstheorie in der physik, sondern so wie der entdecker der relativitätstheorie der realität im roman des zwanzigsten (20.) zwanzigsten jahrhunderts. ((der urheber einer „futuristischen" psychologie in fiction & non-fiction jongliert mit der raum- & zeitachse, solange bis dieselbe sich à la mod(e)ifiziert.))
dem mann === ganz gleich, ob E ... sel oder E ... lefant === kann geholfen werden.
„„„ keimkraft seit über 75 (fünfundsiebzig) 75 jahren """ verspricht das etikett.
seit über fünfundsiebzig (75) fünfundsiebzig jahren (((((festenglisch: reliving past lines))))).
einstein à gogo.
wir schreiben das jahr 1912.
carolus pedrolus, der fürst des festes, himself sitzt am schreibtisch, marke tabula phrasa, seines kommunen glashauses in berlin-grunewald und korrigiert fahnen. die fahnen seines roman(n)s BEBUQUIN (dem mann ==== ganz gleich ob B ... lle oder B ... är === kann geholfen werden, keimkraft seit über 75 (fünfundsiebzig) 75 jahren verspricht das etikett), oder DIE DILETTANTIN DES WUNDERS.
dabei handelt es sich um eine amalgamierung ad hoc von textsorten wie himmelsrichtungen wie winden ((festdeutsch: der firma klebstoffe und dichtungsmassen)), die bei seinen geliebloblobten lesern ((weder geliebt noch gelobt, ein wink der unmöglichkeit)) einiges voraussetzt.
zum exempel: die enzyklopädische kenntnis von:
tischen / TISCHEN.
nachttöpfen / NACHTTÖPFEN.
jungen mädchen / JUNGEN MÄDCHEN.
treppenstiegen / TREPPENSTIEGEN.
schlafröcken / SCHLAFRÖCKEN.
busen / BUSEN.
hausklingeln / HAUSKLINGELN.
etceteratata / ETCETERATATA.

nieder mit der einfachen abbildung der wirren/kl/ICH
/keit. bis auf widerruf kein kotau vor der realitätskrümmung ((fall der gebrüder mann selbzweit)).

einstein ist als innovator für ein kunstwerk, das vom beben
der zukunft durchzittert wird. er läßt die belebung der gegenwart und die wiederbelebung der vergangenheit den
passéisten. ja, auch den gegenwErt der gegenwArt gibt er
für das FUTUR preis. für ihn fängt kunst **kunst kommt von
können**, mit dem wörtchen „„anders"" an. anders. ein
kanon des verbotenen steht ungeschrieben auf seiner
stirne. L'ETOILE AU FRONT. der stern auf der stirn. von einstein zu allstern ist es astronomisch nur ein kleiner schritt.
QUERELLE DES ANCIENS ET DES MODERNES.
C.E. bricht mit dem hochfahrenden roman-ich und (ps)alter ego des romanciers zugunsten einer engelischen sogenannten „„heiligen familie"" von ichen, die miteinander
und nacheinander um hilfe rufen, weil sie viele sind.
er bricht auch mit der festlegung seiner figuren auf ein geschlecht, geschlechterdings ein geschlecht. weg mit dem
animus-animus. her mit dem animus-anima.
verfolgungswunsch / verfolgungswahn?
gefühlskarussel.
da ist die diva, die den mann liebt, den sie haßt, weil sie
mit dem mann verheiratet ist, den sie verachtet, während
sie den mann verfolgt, den sie fliehen will, um erschöpft
den mann zu küren, der den modernsten cut-on trägt.
simultaneität anstelle von kausalität.
preskriptiv-splitterndes anstelle von deskriptiv-schillerndem.

kein zweifel besteht für das redaktionskomitee auf der
darmstädter rosenhöhe, daß sie es hier mit einem vorläufer
von barnarellens barcelonaroman zu tun haben. die tote
hatte die angewohnheit, so bezeugt in seiner angeborenen

schlichtheit der mohr: den BEBUQUIN des maëstro C.E. einmal jährlich von der hand auf pergamentpapier zu übertragen, das einen zarten goldrand hatte.
hommage an den geist des unbekannten innovators.

VII,51

dem mann, ganz gleich ob A ... ffe oder A ... lpaca, kann geholfen werden.

ß.
ella, hostal ROM AMOR,
plaça reial,
cambra numero 31
an ihre schwester in münchen.

estimada ANNA!
wie lebst DU und so lieben wir?
ich sehe DICH allein in einer kraftvollen pose, die DEINER angeborenen schönheit zugutekommt, und mit den kindern, die im gleichen abstand zueinander, wie wir, geboren sind. zweieinhalb jahre. kann man noch sagen, der älteren entspreche ich und der jüngeren entsprichst DU, wie es früher der fall war, oder ist in diesem allgemeinen THEATER DER WANDLUNGEN, an dem cellophan und ich arbeiten, und in dem jeder von uns (DU und DEINE familie auch) mehr oder weniger passabel seine rolle bis zum ende spielt, eine änderung eingetreten?
und dann sehe ich DICH zusammen mit DEINEM mann am steuer EURES lebensgefährtes, und es geht sanft bergauf.

ß.

dem mann kann geholfen werden.
ein übermütiges origin(k)alzitat am re=vers meines briefes. und ich liebe so: seit beginn meines barcelonaaufenthaltes vor etlichen monden lebe ich mit CELLOPHAN, aus der familie der phan in port lligat an der costa brava, gesteinssammler, maler und bühnenbildhauer, der mich auseinandernimmt wie er seine steine zusammensetzt, leidenschaftlich, der mich zusammensetzt wie er seine gegenstände auseinandernimmt, zusammen. pha(e)nomenal.
daß für ihn etwas eines etwas anderes ist zum beispiel eine assemblage von steinen, er nennt sie anamorphose des felsens, ein frauenleib, mußt DU wissen. ((etwas eines ist etwas anderes (vgl. auch den doppelten sinn der primären setzung), ist ein (G)rundsatz seiner ästhetik.))
er liebt ARCIMBOLDO und fühlt sich, den späteren, von ihm, dem früheren, wieder geliebt.
DU kennst sicher die VIER JAHRESZEITEN von 1573: den frühling, den sommer, den herbst und den winter. DU weißt, es sind mannsbilder darauf ((köpfe)) allegorien, nur aus den produkten der quatro stazione zusammengesetzt. das angebot der kopfingredienzien (wie bei einem küchenrezept) reicht von blüten über früchte bis hin zu wurzeln.
frag doch einmal auf EUREM viktualienmarkt danach. aber kennst DU auch die VIER JAHRESZEITEN von 1563 und alle die vielen — wir nennen sie Wiederholungen der Niederholung, die dazwischenliegen?
cellophan, der kein bild für „„gemalt"" hält, das er nicht zumindest 50 (fünfzig) 50 mal aus der firma: HIMMEL, gesellschaft mit beschränkter haftung auf den boden der erde (w)erde erde heruntergeholt hat ===sein himmel hängt — wie bereits der name sagt — voller celli=== ist so besessen von ARCIMBOLDO, daß er mir immer wieder teile aus meines lehrers roland barthes' aufsatz über den rhetoriker und magier rezitiert.

zum beispiel: „""„seine muschel steht für ein ohr, das ist eine metapher. ein haufen fische steht für das wasser, in dem sie leben, das ist eine metonymie. das feuer wird zum flammenden kopf ..."""" an dieser stelle erröte ich immer ((vgl. oder das herzkunstwerk in der flamme)).
ARCIMBOLDO (cellophan) verschiebt also dinge. so groß ist sein antrieb, dinge zu verschieben, daß er auch bei verschiedenen ausführungen desselben kopfes noch bedeutende veränderungen vornimmt.
in jeder Niederholung von Wiederholung hat der kopf andere bedeutungen. ut pictura musica. es ist genau wie bei der musik: es gibt ein grundthema, aber jede variation wirkt anders.
und so l(i)eben wir.
cellophan, ER, dem mann kann geholfen werden, wohnt im gleichen hostal ROMAMOR(T)raum wie ich. sein doppelzimmer, ein steinbruch, hat die nummer der gedoppelten flamme des I GING oder chinesischen buches der wandlungen 30 (dreißig) 30.
beim frühstück im bett = dotterbett = lotterbett = alphabett wird horizont des seils der sprache, deklamieren wir ex voco la voix de mon maître. wir singen uns opernarien vor besonders die ZAUBERFLÖTE.
darüber daß papagena und pamina sowie tamino und papageno eins sind, nach meiner meinung, ein andermal mehr.
dann geht jeder von uns seiner wege ... in den respektiven isolationstank. über deren inhalt und gehalt schweige ich mich hier ganz aus. ich bin für DICH als unter der sonne liebende menschin froh, daß DU sie nicht kennen mußt.
er geht über eine ROCK'N ROLLTREPPE, die das centre dramatic de la generalitat, in seinen tank, ich ohne.
alles zwischen uns geschieht mit einer regelhaftigkeit, die mäßigkeit ausschließt. um die mediterrane mittagszeit (M.M. oder auch hm hm) verlasse ich meinen schreibtisch, doch hier breche ich ab ...

VII,52

l'i!l!l!u!m!i!n!a!t!i!o!n
v!i!e!n!t e!n!s!u!i!t!e

von unserem korrespondenten auf der iberischen halbinsel

hamburger abendblatt
erste seite, erste spalte:

sensation.
das breite BARCELONA geht in die höhe. eine zweimillionenstadt richtet sich aus der horizontalen in die vertikale auf.
die verschiebung ihres koordinatenkreuzes geschieht fast geräuschlos. nur hin und wieder haben aufmerksame hörer bruchstücke von christoph willibald glucks ORFEO, die vermutlich aus dem garn teatre del liceu dringen, dabei wahrgenommen. das häusermeer als berg.
magisches barcelona.
BARCELONA MAGICA.
bereits seit einer woche verkehren die ramblen als aufzüge für personen und kraftfahrzeuge. außerdem haben sich dem TORRE DE BARCELONYLON beidseitig schwebebahnen angesetzt. die einen befördern die bevölkerung zum tibidabo hinauf und die anderen zum hafen von barceloneta (fischervorort von B.) hinunter. dann haben bahnen und busse nachgezogen und ihre waagerechten fahrspuren, rinnen, wege, geleise mit einem schlag === wie durch magie === auf die senkrechte umgestellt. noch ist kein einziger unfall am ort des geschehens zu beklagen. der ablauf des täglichen lebens erfolgt reibungslos. nur wird schwindelfreiheit in der industrie-metropolie vor der temperamentenscholie in der schwitterssäulenfolie seit der erfolgten halbtotalen umstrukturierung im raume groß geschrieben.
tatsächlich ist der größte hafenumschlagplatz spaniens umgeschlagen.

in der katalanischen tageszeitung AVUI steht heute ein leitartikel mit dem titel:

vOrSiChT, sChWeBeNsGeFaHr!
gestern türmte sich der jugendstilglanzbau des palau de la musica catalana auf die sogenannten STEINWACHSFIGURENKABINETTE DER FRÜSTE UND DER LÜSTE, von denen kein journalist weiß, was das ist. aber wieder war — außer den goldBERGvariationen von johann sebastian bach, BWV 988 ((in der transkription für streichertrio von dimitry sitkovetsky)) — kein ton zu hören. doch::: unartikulierte, sogenannte urlaute wie
zaett üpsiilon iks
wee fau Uu
tee äss ärr kuu
pee oo änn ämm
ell kaa jott ii haa
gee äff ee dee zee bee aa
                    zischten heraus.
schlachtfeld weltstadt. die operation, deren existenz von offizieller seite geleugnet wird ((regierungsdementi)) grenzt an sience-fiction. ich selbst schreibe diese zeilen im pressehaushohen stockwerk über dem kaufhaus EL CORTE INGLES auf einer approximativen höhe von eintausendundeinem meter über dem meeresspiegel. eine stadt türmt sich auf und stürmt den himmel. und der vulkanische ausbruch barcelonas ist noch nicht vorüber.
kein mensch weiß hier zur stunde, wann die sagrada familia-kathedrale das dach dieses neuen turmbaues von babel krönen wird. aber es werden bereits wetten über den mutmaßlichen zeitpunkt abgeschlossen. ich tippe auf sonntag.

p.s.:
hier geht ein gerücht um, von dem ich ===für meine person=== mich gänzlich distanzieren möchte. ein kollege hat

es bereits halböffentlich als größenwahnsinnig abqualifiziert. das gerücht nämlich =mir sträubt sich die soft ware= ein sogenannter ===nach strich und faden erlogener=== liebes-ro***mann hätte seiner geliebten den rohbau der stadt gewissermaßen als morgengabe ... der mann soll in der maske des DR. PHIL. HABIL. PHALLUS ERECTUS zu ihr, der groß-fürstin von sperma, einer kleinen angestellten der hier beheimateten firma: HIMMEL, gesellschaft mit beschränkter haftung, gekommen und auf der stelle in ihre vagin(k)a beata eingedrungen sein ...
liebeswahn? attentat auf die vernunft? somnambule traumhandlung? die meinungen über das motiv des täters sind geteilt.
aber erwarten sie dazu von mir bitte keine stellungnahme. meine reaktion auf dieses gestaltverbrechen kommt der striktesten ablehnung —dürfte ich schreiben: eisigem schweigen, violino tacet— gleich.

VII,53

die 4 (vier) 4 elemente

xxxxxxxxxxxxxxxxxxxxxxxxxx

die bank namens welthaltigkeit von welt ist aus dem jungfräulichen wasser der schöpfung (1), erde (w)erde erde (2), lieber lauer luft (3) und herzkunstwerk in der flamme (4) gemacht, und die erde ist nicht rund, sondern hat die form einer großen anderthalb liter fassenden russischen teetasse aus einer kaliningrader (früher königsberger) manufaktur. die bank namens welthaltigkeit von welt mit dem sitz in barcelona ist der eine HIMMELSbusen, der andere erhebt sich inmitten der hamburger (!) milchstraße.

origin(k)alzitat aus bejamin péret: HISTOIRE NATU-
RELLE, übersetzung aus dem surréalen französisch der zeit
vor dem zweiten weltkrieg ins Festdeutsche der späten
siebziger jahre, ginka steinwachs, ((suchet das himmelreich zu ERLANGEN)) anno domini 1978.
xxxxxxxxxxxxxxxxxxxxxxxxxx

DER ROTE ORPHEUS

tape one, side A
"""""what you hear on the whole manta rag is intense inter
action"""""
----ersatzlos gestrichen von adam k. dämon,
erster assistent von herma phrodt----

VII,54

      das grüne dinner
      ((el sopar vert))
      UN FESTIN ACOLORIT
      naka naka tassti
      tassti glubb glubb

beim grünen dinner (an einem von vielen grünen donners-
tagen) geht es in einem beidseitig ((außen wie innen))
grün angestrichenen haus am passeig maritim unter grünen palmen hoch her.
und zwar hat sich eine gesellschaft grünschnäbel im in-
nenhof um eine pfanne mit grüner paëlla versammelt und
entnimmt derselben poc a poc grüne oliven. der eat-art-
künstler antoni miralda hat die komestible landschaft an-
gerichtet. dazu umberto eco (in katalanischer sprache):

LES FESTES DE MIRALDA SEMBLEN UNA SINTESI ENCICLOPEDICA DE MILS DE MILERS DE LITURGIES IMMEMORIALS: RITUS FLORALS, PROCESSIONS, FESTINS ACOLORITS, EL CULTE DE LA METAMORFOSI, L'HOMOFAGIA, PAISATGES COMESTIBLES, RUTES PREHISTORIQUES VERS EL SOL, EVOCACIONS DE L'IRIS, OCELL I BANDERES, NATURA I CULTURA, EL CRU I EL CUIT: QUINA KERMESSE D'ANTROPOLOGIA REDESCOBERTA!

naka naka tassti tassti glubb glubb.
naka naka tassti tassti glubb glubb.
die florentinergrüne gesellschaft mit schinkelgrünen mündern besteht halb aus ((festdeutsch: ars vivendi)) männern und halb aus frauen.
die einen, darunter auch cellophan und miralda, tragen hüte mit der eßbaren kuchenaufschrift: """"protect me from what I want to do"""", die gegenläufig interpretiert werden muß.
die andern, und darunter auch barnarella, tragen schärpen mit zuckergußlettern, die den goldenen ei-satz, ein-satz, einssatz ""i would like to cash and carry mr. strawberry"" ergeben.
damit ist es heraus:
das räderwerk des grünen essens treibt ein verlangen. das verlangen (le désir, el desitg) nach einem ort irgend in einer welt ohne scylla und charybdis, rock'n roll-treppe und isolationstank.
bitte, nach ihnen.
seine majestät, der ochse am spieß, à la mode de miralda, grün gebraten, duftet zu gleichen teilen nach grünfleisch lauch und kerbel. die grünen esser stechen mit grünen messern zu. sie stapeln hoch mit grünen gabeln. dazu (h)eiliger wein in gestalt von viñho verde.
salud, amor, pau, dobbers,
gesundheit, liebe, friede, geld wie heu.
und blattsalat und grüne patates frites.

und eine installation, wie sie nur miralda, der mit natur umgeht wie mit kultur, schaffen kann. diese installation sieht auf den ersten blick aus wie ein meter hoher, nach oben halb abgerundeter spiegel, dessen halbrund erleuchtete glühbirnen übermalen. sie ist aber eine altarnische und enthält, im rahmen einer garnitur von grünen hähnchen ein christliches heiligenbild. dieses ist hinter grünen lamellen verborgen, die seine ikonographische lesbarkeit bis zur grenze der ILLISIBILITÄT vorantreiben.
roland barthes hätte daran seine helle freude gehabt.
holy food.
damit ist es heraus: ganz gleich, ob grün oder nicht-grün: der akt des essens selber ist und bleibt heilig.
postre:
das dessert besteht aus einer grünen pistazien-nougattorte, welcher die haupt-sehens-würdigkeiten der stadt in der form von kleinen schokoladenskulpturen aufgesetzt sind.
barnarella erkennt nacheinander von rechts nach links:
den weißen gorilla aus ""a zed & two noughts"" in peter greenas way,
den wasserfall gaudís aus dem parc de la ciutadella,
den triumf del nord,
die stierkampfarena der plaça d'espanya,
die dame mit dem regenschirm,
die kathedrale,
die kolumbussäule,
den obelisk und
die porte de la pau,
nur diese zu nennen. aber dann, so entfährt es ihr laut wie das gebell von sibirischen schlittenhunden, oh ja dann ist heute der tag namens „"einmal im jahr"", nämlich schwittersgeburtstag, und die stadt wird aus diesem solemnen anlaß von präsident pujól, assistiert von bürgermeister maragall, als modell in verkleinertem maßstab, in diversen

ausführungen wie nougat, an die ureinwohner des llobregatdelta verteilt und damit — sie lutscht, schleckt, schmeckt, speichelt ein und wendet die süße masse künstlich auf dem teppich der zunge — die unverdauliche verdaulich gemacht und ausgekostet bis zum herben schokolADE.

VII,55

>> gradus ad parnassum
>> oder: per aspera ad astra
>> eine »»»laus petandi del segle«««
>> en català dans le texte

achtung, achtung, hier spricht die exportstation unseres körpers ((festdeutsch-französisch: schreber/deleuze: l'anus solaire)) und macht sich als verdrängung luf/s/t. der dicke gastwirt von »els cargols« aus dem carrer dels escudellers bofarull, ist mühsam auf die stein der weisen anhöhe der weltbeherrschungsphantasien seiner zeit gestiegen und deklamiert im englischen original:
MAN IS THE ONLY ANIMAL THAT SIMULATES REALITY AND BELIEVES IT.
(((das original entbehrt sowenig eines gewissen philosophischen hintergrundes, daß es sich vielmehr eo ipso zum fundament des postbarocken romangebäudes eignet.)))

onze de setembre. katalanischer nationalfeier- und trauertag. die ganze flora und fauna der temperamente von A–Z befindet sich auf der straße in ihrem elemente. alt und jung, die politische linke und die mitte, verschlingen sich in ein menschenknäuel. man hat bofarull, den älteren, da

oben hier unten durchaus gehört und den sinn seiner worte
nachvollzogen. oder nicht? der respons der gemeinde nach
der mittelalterlichen liturgie auf den einwurf des vertreters
des gastronomischen klerus fällt in einer durchsonnten
altweibersommerlichen gestalt der laus petandi des
ortuinus gratius, gestorben 1542, sehr merkwürdig
aus. in der ferne wird wie hingegeben gegossen aus einer
dreiflöte oder auf drei flöten geblasen.
havent dinat oder
havent sopat.
((nach dem mittag- oder abendessen))
die gemeinde im chor:

JO SOC EN PET XERROLA DE FESOL
FILL LEGITIM D'EN RAVE I NA COL
I ENCARA QUE PER MENYSPREU I MALVOLENCA
SE'M NEGUI LA PARTIDA DE NAIXENCA
NINGU NO POT MOSTRAR MAJOR ANTIGOR
CAR ABANS, MOLT ABANS ADAM, NO SO.
FUI ENGENDRAT COM QUALSEVOL MORTAL
EN EL RACO D'UN ANTRE INTESTINAL
UNS DIUEN DE BALENA, ALTRES DE LLORO
QUI DE JORN, QUI DE NIT ... COSES QUE IGNORO;
EL CERT ES QUE TOTHOM SAP COM ME DIC,
D'ON VINC, ON VAIG, QUE FAIG, A ON M'ESTIC,
I HE DONAT TAN ALT NOM A MA PROSAPIA
QUE OCCUPA LLOC D'HONOR EN LA TERAPIA
CAR HIPOCRATES JA ESCRIVI DE MI,
GALENUS, AVICENNA I FERNELI.

nachdichtung leicht gekürzt (in furzform), sieben pillen, ich tat
es um des reimes willen:
„ich bin furz bohn / legitimer sohn / von kohl und rettich ... /
denn lange vor adam bin ich.
gebär mutter kind / wal- oder papageienweise / tag und nacht
blind / woher kommt wohin geht die reise?

hippokrates hat mich geadelt / von galenus, avicenna und ferneli werde ich nicht getadelt."

cello aus dem clan phan als hirt des sturms auf seiner tramuntana scham gürtel and company, das heißt mit barna aus dem clan der rella, läßt in der gemeinschaft der unter der sonne liebenden menschen auch diesen wind gelten und damit und damit und damit weit unter sich.
vgl. dazu auch hippokrates, prognost. XXIV:
flatum sine sonitu, creptiumque prodire optimum est. melius vero est ipsum exire sum sonitu, quam condi ac revolvi.

VII,56

das peni(s)tentionnaire universum (v)aria einer dritten tantrischen nacht

barnarella (anschrift wie gehabt) an die vertraute ihrer seele in münchen:
meine liebe mon A MOUR,
kennst DU die einstundenregel?
******* intim im team *******
******* im team intim *******
jedenfalls werde ich, bar...narella, mit cello(phan) ... wenn DU seinen namen den pünktchen in meinem namen aufsetzt, kannst DU selber sehen ... immer mehr eins. barCELLOna(rella) ergibt BARceloNA.
ich nenne es:
... cellophan IN barnarella
... oder das herzkunstwerk in der flamme,
... ein nach strich und faden erlogener
... liebesro=mann.

eine stunde vor oder nach jedem tantrischen s p i r i t u a l befriedigen wir uns nämlich weder selbst noch haben wir sexuellen verkehr miteinander.

stichwort / wortstich:
LE GRAZIE, POEMETTO PER LE FELICISSIME NOZZE DI BARNARELL E CELLOPHAN.
....
weißt DU es schon, weißt DU es schon?
die hände sind zartbesaitete instrumente === daher gepflegt zu halten und, besonders im falle von daumen und zeigefinger, die lust spenden ::: einfach lustspender, kurz zu schneiden === sicher hast DU ihn noch oder schon im ohr, meine liebe monA M O U R , meinen goldenen ei-satz, goldenen ein-satz, goldenen eins-satz eins:

BITTE BLEIBEN SIE, HIER SPRICHT IHR CAPTAIN BAY MIDDLETON, SOLANGE ANGESCHNALLT SITZEN, BIS DIE WOLLUSTMASCHINE MENSCH IHRE ENDGÜLTIGE LANDEPOSITION ERREICHT HAT.

(einschub des redaktionskommitees auf der darmstädter rosenhöhe: die wollustmaschine barnarella, und wenn sie darüber lichterloh in der flamme aufginge, hat ihre endgültige landeposition erreicht. einschubende.)

wir bleiben angeschnallt sitzen, cellophan und ich. wir erwecken mit einem feuchten warmen lappen unsere sexualität.

wortstich / stichwort:
(T)raumpflegerin und
(H)erzkünstler ergeben
miteinander malgenommen
durcheinander geteilt ...

... das dividuum
... die diva divinatoria
... den dandy der armen?

der sinnenzugewandte genießer, gruß- & genußformel:
ahhh nahh yahhh taunnn, ernährt sich von eilig ausgegossenem wein, von fleisch, von fisch und getreide === die vegetarische feststätte ist ihm ein greuel.

er / sie geht den pfad der hingabe.
sie / er bekennt sich zum DU.
er / sie sagt: ich erkenne DEIN innerstes wesen und nehme es an. (ich bin die dienerin / der diener DEINES inner space, solar-plexus, alias center of the cyclone.)

nur, meine liebe ... AMOUR, und das macht mir sorgen, gehen im gleichen atemzug mit barCELLOna merkwürdige veränderungen vor. die stadt, welche im hafenbecken dem ungeheuersten luftkissen aufruht, das die firma DUNLOP je vulkanisiert hat, besteht nach und nach zu neun zehnteln nur noch aus schwellkörpern. und so sieht sie auch aus. keimkraft seit über 75 (fünfundsiebzig) 75 jahren. es ist als ob alle winde gleichzeitig in sie gefahren wären, so sehr dehnen die ≈corpora cavernosa≈ sich aus und nehmen in der höhe immer mehr von eben jenem raum über sich ein, den sie in der breite unter sich leer lassen.
stell DIR vor: jetzt verkehrt im merzkunstwerk bereits ein aufzug (rambla) und zwei schwebebahnen hängen wörtlich an diesem koloss, nicht von rhodos. der untergrundbahn und den städtischen autobussen gilt es gleich:
sie fahren ebensowohl stadtaufwärts wie früher stadtauswärts. sogar das meer auf seinem schwebebalken paßt sich der neuen lage an und ufert in die 7 (sieben) 7 himmel des siebten geliebten kapitels aus.
schwammwerk und schwellkörper ergeben miteinander

malgenommen, durcheinander geteilt: das gesamtkunstwerk, ein neuntes (9.) neuntes weltwunder aufzeit.

p.s.: ja, die liebe hat bunte flügel. freiheit lacht. der vorhang fällt. ende des zweiten aktes.
laß es DIR von ganzem herzen so wohl ergehen, als mir ist.
die DEINE
      little sister b. (minuskulös)

BARcel(l)oNA

ort der babylonischen sprachentwirrung ((festdeutsch: ach der welt)), mit 8.888 metern über dem jungfräulichen meeresspiegel höchster punkt der erde (w)erde erde, und entsprechend: sitz der firma: „""HIMMEL, gesellschaft mit beschränkter haftung""", englisch: """heaven limited""", vor seiner erektion === ad majorem gloriam vestibulum oris ((westdeutsch: mundhöhle)) wie nach seiner erektion ad majorem gloriam vestibulum amoris ((festdeutsch: liebesgrotte)) === .... zwei (2) zwei millionen einwohner auf dem .... stadtgebiet, aber kaum noch ((festdeutsch: advents))schiff-umschlagplatz oder flughafen, dagegen zunehmend helikopterverkehr, hat der TURM von BARNA ((idiolektal auch: barcelonylon)) sich zur raketenabschußbasis nummer eins (1) eins der westlichen welt und zum cap canaveral europas gewandelt: der welt-(T)raum ist sein ziel, und da wieder sind es die sterne ALPHA kai OMEGA im bild des bettes.

mutterboden des „postbarocken temperaments in seinem element", vaterland der „rokoko-gemüter", zufluchtstätte für dilettanten aller schattierungen und für den brillanten archetypus des dandy der armut, ist es auch gegenstand eines in festdeutscher sprache ((siehe dieselbe)) mit idiolektalem einschlag ((siehe derselbe)) geschriebenen romans, dessen verfassername mit einem neunköpfigen gremium ((vgl. griechisch hydra)) dem sogenannten redaktionskomitee von der darmstädter rosenhöhe, das sein faksimile gegengezeichnet hat, naturidentisch ist.

der geradezu „ursprungsmythologische" städteroman ist in acht (8) acht kapitel, die sogenannten kaps. gegliedert, von denen jedes 8 (acht) 8 absätze, die sogenannten frags. hat.
sein HYPERREALISMUS, der die realität ((festdeutsch: wirre/kl/ICH/keit ((siehe dieselbe)) als textsorte unter vielen abqualifiziert, ist oft, und zumeist weitläufig, bemängelt worden.
als ARCHE LONA halbtraum-rettungsdienst, ermöglicht die BARKE LUNA darüber hinaus fünfundzwanzig stunden pro tag rund um eine uhr, die nach der VENUS und mit der VENUS nachgeht, den (T)raum vom großen glück, the catalan money that dreams can buy, das emphatisch::: alle alle alle ALLE meint und jeden ausschluß von ISOLOS – (einzelnen) oder GROOPY – (gruppen) diskriminiert.
nieder mit der isolation auf der einen SCYLLAseite und der ROCK'N ROLL TREPPE auf der anderen CHARYBDISseite.
der ort irgend, das „topische irgendwo" hat für die doppelbilder von halb-männern und halb-frauen dazusein, die schlicht menschen oder auch marinierte menschen oder auch
WOLLUSTMASCHINEN oder auch
MONSTREN MENSCH sind.
siehe, das ist der mensch! POTENZ der VERWÜSTUNG & VEHIKEL von ZUVERSICHT.
dem VEHIKEL von ZUVERSICHT gehört groß B. wie „oben".

ENTWARNUNG VOR DEM MOND:

**DIESES KAPITEL IST STOFFGESCHICHTLICH,
MOTIVGESCHICHTLICH UND GATTUNGS-
GESCHICHTLICH
ALS TRABANT VON SEINEM MOND ENTBUNDEN.**

kapitel acht (VIII) acht, fragment 57–64:

(T)raumpflegerin und (H)herzkünstler
ergeben miteinander malgenommen ...

VIII,57

aus dem tage — sage — fragebuch:

wer, wer sind WIR, mal als ... und als ... und als ... wie phanta-SIE & theat-ER, und was ist los mit dieser großen stadt BARCELONA, die plötzlich wie ein vulkan explodiert und deren unterste städtebauliche schichten sich mit mählicher wucht auf die mittlere höhe ihrer beiden hausberge: MONTJUÏC & TIBIDABO, und von da weiter empor empor endlos bis zum ((wolken))sitz meiner firma: HEAVEN LIMITED, HIMMEL, gesellschaft mit beschränkter haftung, schieben?
IL SOLE CARICO D'AMORE.
der ausbruch des vulkanischen ((festdeutsch benannten)) EROS PRO DOMO erinnert im »»»alf laila wa laila«««« an die erzählungen aus tausendundeiner nacht. manchmal denke ich, mein liebes (PS)alter ego, cellito, es gäbe da einen versteckten zusammenhang zwischen DEINER erektion auf der einen seite, auftritt der held & liebesromann, und den architektonischen schwellkörpern der stadt auf der anderen seite. DR.PHIL.HABIL. PHALLUS ERECTUS ist, wie bereits der name sagt, »»habil«« geschickt, ein geschicklichkeitskünstler und paßt sich schicklich den umständen an.
((I belove him.))
DU nennst das meinen größenwahn. aber — frage ich DICH zurück — hast DU je einen irren gesehen, der sich selbst in klammern setzt und einen anderen, in unserem falle seinen, sexualpartner, als groß, übergroß, ins schier gewaltige ((festdeutsch: koloß von rhodos-syndrom)) gesteigert, empfindet?
ich nICHt. mir meiner mich nicht. mICH nicht. ah, die ahnmacht von anna blume.
anna blume erlebt die WEIBESVISITATION der kleinen frau mit kleinem b. ((meine leibeigene)) als solche, die direkt in die LEVITATION ((festdeutsch: das sich erheben vom

boden der wirren/kl/ICH/keit)) der großen stadt mit großem B. übergeht.
es ist dabei eine profilneurose mit im spiel.
es ist dabei keine profilneurose mit im spiel.
es ist dabei eine profilneurose mit im spiel.
      s p
      h ä
      r e
      n h
      a r
      m o
      n i
      e !
pastoses ALLEGRO.
DU gehst auf mich nieder wie wie wie — der
(P)HALLEYSCHE KOMET.
die erde (w)erde erde erbebt.

meine erzählung, arbeitstitel: MIRAMILIA MIRABILIA von unserem lieblichen ineinander, wird dabei leiblich in protonen, elektronen und neutronen auseinandergesprengt wie ein atomkern im zyklotron.
der subs—TANZ unseres innersten wesens?
die stadt: MittelMeerMetropolie ***
           teMperaMentenscholie ***
           &schwitterssäulenfolie *** steigt und steigt.
ein sine qua nonsens?
bevor ich ein geschehen zwischen HIMMEL und erde als widersinnig beurteile, schaue ich genau hin. ... und was ist überhaupt dagegen einzuwenden, wenn unsere vielgelobte liebe ((vgl. idiolektal: winken nicht sozusagen a/l/l/e pflanzen dem winde)) sich mit dem mythos vom turmbau zu barcelonylon vermischt, der auch ein (S)turmbau ist, darum weil DU mich im STURM nimmst und darum weil DU als „hirt des sturms" aktenkundig bist.

eine relation, die mich nachdenklich macht: je mehr raum der TURM VON BARCELONYLON in meiner ele-phanta-SIE einnimmt, desto weniger raum verbleibt mir auf dem papier. ((erst die angst vor der leeren seite, dann der kampf im dschungel des losen blätterwerks, jetzt die schlußpanik.)) mir verbleiben noch sieben (7) sieben textbruchstücke, die sogenannten frags., der aus ATEM. dann ist der schreibtanz, genre: realitätskrümmung, im zeichen nummer 64 ((WE DSI)) „vor der vollendung" des chinesischen buches der wandlungen v-o-l-l-b-r-a-c-h-t.

VIII,58

flash-back to
kap. **II**, frag. **10**

ori = chi = nal:
möge sie der GOTT des windes erwecken ///
möge spielen er mit den figuren ///
bewegung bringen in den stil(L)stand.

                DRAMOLETT (2):

                «la table rondeau»
                    ausklang

ort: sitzungszimmer der Festdeutschen akademie für sprache und dichtung auf der darmstädter rosenhöhe

zeit: es ist september, und der name der rose ist ≈odorato cantabilene≈ erblüht.

dram. pers.:	professor tilby
	cello phan
	r.u.a.c.h., regisseur
	sarotti-mohr
	herma phrodt
	adam k. dämon
	andreas kühn
	jacobine grimm
	wilhelmine grimm
	(((((und der geist der wandlung.
	vgl. gertrude stein:
	everything moves that much.)))))
jacobine:	(verträumt zu cello): er ist der beau de l'eau.
wilhelmine:	(im halbschlaf zu sich selbst): sie ist die belle de l'air.
herma phrodt:	sie faseln von baudelaire.
	zur sache, meine damen und herren, die anstrengung des begriffs hat sich offensichtlich
dämon:	nicht gelohnt.
kühn:	365 tage für satzfetzen
tilby:	fragmente
jacobine:	diskontinuität
wilhelmine:	in der kontinuität.
cello:	theorie der
ruach:	täuschung.
dämon & kühn:	dafür gehen wir nicht noch einmal in klausur.
mohr:	die fülle der zeichen aber ist diese: trotz vollendungsgefühl.
jacobine:	(seufzend): es fehlt die elektrische
wilhelmine:	ladung von 3 (drei) 3 küssen.
daemon:	es fehlt an hand & fuß ((festdeutsch:

| | hand-takt-schlag & vers-fuß)).
| kühn: | es fehlt der lichtpunkt ihres geistES.
| mohr: | wir texteigentümer bleiben doch fremdgänger unserer selbst.
| ruach: | wir bleiben subjektiv hinter unserem objektiv zurück.
| tilby: | mich stößt das festdeutsch: zuphallische konstrukt ab, der (P)halleysche KOMET.
| cello: | visita interiora
barnarellae
rectificando invenies
occultam lapidem.
((westdeutsch: wer den schoß barnarellens aufsucht, wird den stein der weisen finden.))
| ruach: | granatapfelgeruch
in seiner vergleichslosen
süße liegt ...
beschlossen.
| mohr: | auf- und untergehen ja, mal mit bedrücktem, aber immer mit großem herzen.
| herma: | zur simulation unserer lage fehlt
| cello: | der buchstabe zittert nach präzision.
| mohr: | ich halte den ausfluß ihrer gedanken bewußt in den grenzen von punkt und komma.
| dämon: | das herzkunstwerk ist ein diskriminalroman.
| kühn: | der held ist ein diskriminalro=mann.
| jacobine: | (tröstlich): der beau de l'eau
| wilhelmine: | (begütigend): ohne belle de l'air
| herma phrodt: | sie faseln von ... zur sache.
| jacomine: | wir ziehen uns auf die psst stille insel der stille in den band mit den

	buchstaben l – r und s – z unseres festdeutschen UNIVERSA-LILIEN-LEXIKONS zurück.
dämon:	ich lerne (F)liegen!
kühn:	ich reise ab.
mohr:	ich sage den schönen künsten ADE und stelle mein liebliches leibchen wieder wahrhaftig in den dienst der schokoladen-industrie.
tilby:	ihre ≈conditio sine kanon≈ ist im verlauf der edition zunehmend unsere geworden. sie hat uns verstümmelt.
ruach:	ich verfüge meinen anteil an der paranoisch-kritischen ausgabe der trieb***werke aus barnarellas feder...
cello:	big brother marx stellt bloß die welt vom kopf des bewußtseins auf die füße des seins, aber little sister baranarella stellt die sprache vom barhaupt des sinnes auf den fuß des signifikanten um
ruach:	... in die berufenen hände der firma: HIMMEL, gesellschaft mit beschränkter..., und gebe das „lose blattwerk" so an den kosmos zurück.
dämon:	ja, es soll ALLes in flammen aufgehen.
kühn:	wenn mein anteil im exemplar mit der nummer tausendundeins erst im safe ist, dann stifte ich brand.
herma:	kein wunder, daß unsere einfälle in pyro-manen phantasien aufgehen. hier ver-suchten sich neun (9) neun in explosion befindliche vulkane an friedlicher koexistenz.

VIII,58

VIII,59

lapid(-)ar(t): ohne aus der tür zu gehen,
durchschaut das isolierte ICH
((festdeutsch: der ISOLO)) die welt.
und: ohne aus dem fenster zu blicken,
erkennt es ((idiolektal: er))
des himmels lauf.

eine harte droge ::::::::::::::::::::::::
für die heroine ::::::::::::::::::::::::
& wirtin des ::::::::::::::::::::::::
gasthauses „WELT" :::::::::::::::

der isolationstank ((festdeutsch: isolaZIONStank)) fängt mit dem wörtchen „anders" an. er fängt wie fast alle dinge von belang mit dem wörtchen „anders" an. das wörtchen „anders" ist sehr wichtig. es umschreibt ein gesetz von reizschutz vor reizaufnahme. das gesetz von reizschutz vor reizaufnahme ist ein allgemeines gesetz universaler kreativität. paradox: im krea-TIEF gelten die paragraphen von reizaufnahme vor reizschutz. im vi-TAL dagegen regiert der altindische sinnenreiz-verschluß: nichts sehen, nichts hören, nichts sprechen. dort ist der probant reporter, hier wird sein liebliches leibchen zur menschlichen dunkelkammer umfunktioniert.
lapidar(t) als versuchsstation für zombies?
erstens: wo steht der isolationstank?
zweitens: wie kommt man da wieder heraus?
drittens: wie lange ist der aufenthalt in einem solchen tank dem probanden überhaupt förderlich?
dazu sein erfinder, dr.john c. lilly, m.d. author of "the center of the cyclone" in: the deep self, profound relaxation and the tank isolation technique, copyright by:

HUMAN SOFTWARE INC., warner books, p.o. box: 690, New York, N.Y. 10019, p. 25:

""""in the originally concept, the solitude, isolation and confinement tank was divised as a research instrument in 1954. in the ensuing twenty-three years of working with tanks, I have found various ways of making the apparatus simpler and safer.

""""in the original tanks, we were required to wear rather complicated head masks ((festdeutsch: kronen-chakras)) in order to breathe under water. they have been eliminated completely.

""""in the latest models of tanks, we use a saturated solution of epsom salts ($MgSO_4 \cdot 3H_2O$) at a solution density of 1.30 grams per cubic centimeter. it was discovered that this density of solution allows one to float supine and have the whole body at or near surface of the liquid. one's hands, one's arms, legs, feet and, most important, one's head, ((idiolektal: die kathedrale des kopfes)) float.

""""we have found that even the thinnest person with the least amount of fat ((festlateinisch: anoregina coeli in terris)) floats in this way in the tank.

""""with these simplifications of the technique it has turned out that we have devised a method of attaining the deepest rest that we have ever experienced. the research instrument has become a practical possibility for use by those untrained in research. we have records of over five-hundred cases of persons who have used the tank for one or more hours and several cases of much more use, up to several hundred hours.

""""the safety of the method for use by the average person is demonstrated by the fact that ..."""""

you can leave it alive.

im isolaZIONStank ist das tiefenICH (hinter den masken davor) entweder bei herauf- oder bei herabgestimmtem bewußtsein. es äußert sich ((idiolektal: auto-melo-manisch)) & nimmt das geschehen im eigenen körpER als kosmisch, schöpfen als schöpfung und sich selbst als schöpferisch wahr. anderes gesagt: das jungfräulich reine meer der schöpfung in hohem bogen schlägt große wogen. noch anders gesagt: einzahl-wir und mehrzahl-ich müssen sich jetzt verflüssigen, sonst verfestigen sie sich.
überhaupt braucht der tank kein wasser.
die isola ZION ist überall da, wo ALL-einsamkeit vorherrschend ist.
vgl. j. c. lilly: """when given freedom from external
        exchanges the isolated ego, or self, or personality
        has sources of new information from within. """
ich überspringe hier einiges.
barnarella/ich/ist/bin/fast immer im tank. ausnahme von der regel: die heures d'ouverture der bibliothek meines leibes, täglich von 16:00–22:00 uhr.
im verlaufe der jahre prägt sie dieses „fast immer im tank sein" körperlich. wo der wirkliche tank fehlt, zeigt ihr körper tendenz, den defizienten zu ersetzen. wir haben dieses phänomen bereits als ‚lebendige dunkelkammer' benannt.
isola ZIONS tank = (gleich) = scylla.
von der scylla aus gesehen, übersteigert, nimmt die probandin die bewegungen (vgl. gertrude stein: everthing moves that much), gesten, urlaute, wortfetzen, werbungen um gunstbeweise, liebesbeziehungen der anderen in der außenwelt auf dem jeweiligen level von deren rock'n ROLL-treppen-positionen wahr. rock'n ROLL treppe gleich (=) gleich charybdis. von der rock'n ROLL treppe einer sucht & sog, sein & haben, wollen & wägen bezogenen existenz in der realität aus, mag sich ein überleben im isola ZIONS tank vielleicht als reizlos ausnehmen.
k=o=r=r=e=k=t=i=v eins.

aber von der iosla ZION aus erscheint das hin & her, kommen & gehen, tun & lassen des lebens nicht minder merkwürdig: eben reizlos durch überflutung mit reizen, fade auf grund eines zuviels an geschmack.
k=o=r=r=e=k=t=i=v zwei.
dennoch schreibt/schreibe barnarella/ich im tank für die anderen, für die benutzer der rolltreppe und publiziert/publiziere === nach einer französischen formel:
POUR CHERCHER DES HOMMES.
oder wie einmal der mohr sagt: welcher zuschauer, leser, hörer wird IHR/mir je gerecht? denn sie/ich liebt/liebe IHRE/meine hörer leser zuschauer.
ein alphabett, das sie uns hinterlassen hat *** hier schaltet sich das redaktionskomitee zwischen*** lautet:
meine sehr geehrten damen & herren leser,
ich schreibe für SIE, meine lebenden freunde, auf welche ich den segen der firma: HIMMEL herunterflehe und denen ich auf dem festen boden der erde (w)erde erde grünes licht auf dem königsweg in die sache des herzens wünsche, herz ist trumpf, herz hat triumph, herz wird kunstwerk via lorbeerrose, und für die toten.
für und für SIE schreibe ich mit,
für und für die toten schreibe ich ohne wider.
im bild des bettes wird der stern alpha anvisiert und das liest sich dann so:

A .bel .bend .chinger .dam .dler .ga .gazzi .hrend .lberti .lms .ltenburg .lves .mm .nders .ndreas .rbeit-hahn .rnold .rtmann .spalter .ssenov .uder .uffermann .vis .viva

B .aecker .ajan .aranowski .aratta .eatrix .eck-kleist .eil .ellan .elldido .eng .enguerel .ergelt .eumen .eyse .ilabel .iolek .isbal-.auza .lum .oehmer .ofill .ollman .onnin .illinas .orgsmidt .rambati-loeffelholz .reicha .reitling .reitwieser .riegleb .rocher .rockmann .rossa .runcken .unk

C .abrer .ahner .apmany .arles .arstensen .astellet .ejpek
.hales de beaulieu .hristina .lassen .oco .olmant .olom
.ommerzbank .onti .otes du rhône .ramer .uber .zurda

VIII,60

aus der serie: ER ist die lösung.
barnarella plays mobil: AMORS
        tape one, side A, ein vatertraum.
        vgl. pêle–mêle wird père–mère.
IM
  ATEM-
     ZUG
IN
GNADE
ANGEKOMMEN:
nicht wie früher die transsibirische eisenbahn, und ich laufe
von waggon zu waggon, abteil zu abteil, platz zu platz, um
unter lauter fremden eben russen, eben fremden, bei kali-
ningrad/königsberg wenige tage vor kriegende erschosse-
nen vater zu suchen u n d zu finden, und der durchgang in
seinem atemzug erfordert jeweils ein ganzes jahr, weshalb
die arbeit der vergeblichkeit ((festdeutsch: der umtrunk
aus der sisyphosquelle)) mit jedem ersten unverzüglich aufs
neue anhebt, und das schon solange und so vergeblich wie
ich in einer homogenen und leeren zeit auf der welt bin,
sondern
      jetzt jetzt jetzt
im qualitativen oder quantensprung der messianischen zeit
eben im augenblick der ERfüllung ist mein vater – contre
fortune bon cœur – vom felde der ehre, das er wie sein
leben ließ, freiwillig wieder zu uns, der familie, in die villa

nach göttingen gekommen. und das haus lacht, so laut ein haus lachen kann.
er fragt nicht nach meiner mutter (regrettably the item was damaged), sondern vereinigt sich auf der stelle mit mir, der tochterfrau, in der tibetanischen YABYUMposition des tantra, so wie sie auf dem großen buffett im herrenzimmer in bronze gegossen und noch immer rührend ist.
er unten / ich oben.
so hält der dirigent, gelobt sei sein name, welt.
froh, seine sonnen.
auftritt der held.

IN
GNADE
ANGENOMMEN:
selten sind die übergänge (wie dort) von gebaut zu gebenedeit (wie hier) so fließend.
barnarella plays mobil, tape one, side B, ein muttertraum:::

goslar, nordharz, niedersachsen.
der aufrechte gang meines großvaters väterlicherseits. er zeigt mir eine hütte. ich prüfe die läden auf ihre einbruchsfestigkeit.
da
dada, theater ist dada, wo oben und unten, rechts und links, mann und frau ist, verwandelt sich die hütte in ein haus und mein großvater konsquent in meine mutter.
göttingen, südniedersachsen.
meine mutter ist soeben von ihrem mittagsschlaf erwacht und an gesicht und körper noch ganz mit sonnenguß (aus zucker und krokant) überzogen. die wärme, die sie auf mich abstrahlt, läßt im solar perplexus ein gutes gefühl für sie in mir aufkommen.
endlich in gnade angenommen!
((diese ausrufung gibt mir ein zeichen.))

das ganze haus ist bewohnbar. wir gehen über die wendeltreppe ENHARMONIA MUNDI in alle räume. ich meisterschlafe im ersten stock auf der höhe der bel étage unverzüglich ein.
mein traum im traum heißt:
    DIE K/WINDSBRAUT SIEHT ORKAN.

VIII,61

    i n
    d e r
    d s c h u n k e
    f u n k e n
    =
    i n
    t h e
    c e n t e r
    o f
    t h e
    c y c l o n e
            oder: ORIENT UND OKZIDENT
                     SIND NICHT MEHR ZU TRENNEN.

barnarella, ab sofort auf der stelle auch FUNKENbarnarella oder noch genauer: DSCHUNKE FUNKENbarnarella, ist nach dem chinesischen I GING ((idiolektal: I GINGKA)), geboren im zeichen mit der nummer 61, dem vierten von hinten, namens: innere wahrheit. ((es scheint für die philosophie des yin und yang auch eine äußere wahrheit zu geben.)) das zeichen heißt auf chinesisch: dschung fu ((festdeutsch: dschunke funken)).

seine graphische form sieht folgendermaßen aus:

```
_____
_____
_____   _____
_____   _____
_____
_____
```

das zeichen nr. 61 ist ein hexagramm. es besteht aus den beiden trigrammen: sun, das sanfte, der wind, oben, und dui, das heitere, der see, unten. diese beiden trigramme haben oben und unten feste männliche yangstriche, welche das hell verkörpern, während sie in der mitte aus schwachen weiblichen yinstrichen zusammengesetzt sind, die das dunkle sind.
((vgl. asphodelisches lid, nachtblau gesenkt; euangelisches auge, hell aufgeschlagen.))
das zeichen als ganzes ist also in der mitte frei, der container der menschlichen brust (human biocomputer). es geht um die freiheit des herzens von voreingenommenheiten. zur annahme der primären setzung in der form der aufnahme von wahrheit.
diese aufnahme kann ((vgl. idiolektal: conditio sine kanon)) gar nicht bedingungslos genug erfolgen.
barnarella, ab sofort auf der stelle auch FUNKENbarnarella, oder noch genauer: DSCHUNKE FUNKENbarnarella, hat bei der geburt das bedingungs=los gezogen.
aus dem bedingungs=los folgen erscheinungen wie teesessel, turbulenz und schleierhaft. aus dem bedingungs=los folgen (T)raumtanz, kos-m-elegie und peni(s)tentionäres universum der meister kung fu tsi und vater seines volkes, sagt über die schleier=haft im ioslaZIONStank des containers der brust im zeichen der inneren wahrheit, es gibt auch eine äußere wahrheit, die hier nicht interessiert: die probandin, kleines minuskulöses b., barnarella weilt im isolationstank. äußert sie ihre worte gut, so findet sie zu-

stimmung aus einer entfernung von über tausend meilen. wieviel mehr von cello phan, von beruf und neigung barnarella-FAN.
weilt die alphabettlerin am buchstab, herrin über unbewußtseen aus wörtermeeren in ihrem hostal rom amor-zimmer mit der nummer 31 und äußert ihre worte nicht gut, so findet sie widerspruch aus einer entfernung von über tausend meilen. wieviel mehr noch aus der nähe von brossa, dalí, tàpies, miralda et alii. die worte entstehen in der (corpus delicti)nähe des eigenen körpers und werden (gedruckt) sichtbar in der ferne. worte und werke sind der probandin türangel und armbrustfeder. indem sich diese angel- und (triebwerks)feder bewegen, bringen sie ehre oder schande, und das erfahren wir nun hier vier fragmente vor TOR schluß des romans. durch worte und werke bewegt die gleitende angestellte der firma: HIMMEL und erde (w)erde erde. muß die frau
mit schatten
mit (M)und/t/erleib
mit weibeigenschaften
da nicht vorsichtig sein?
en français dans le texte: ELLA va au (p)rendez-vous et lâche TOUT sur prise.

und in reinem deutsch: „„„etliche sind der meinung, daß wer wie frida kahlo vor ihr und wie ginka steinwachs nach ihr, mit einer ans wah(R)nhafte grenzenden ausschließlichkeit ((idiolektal: duftmarke NARZISSIMO)) nur die innere wahrheit abbildet und sich selbst reproduziert, damit notwendig das gasthaus welt und den profanen anderen, das objekt seines verlangens verfehlt. aber die chinesen, die kaisergelben chinesen, aus den opernhaften birnengärten des reiches der mitte, aus den pekingopernhaften birnengärten des reiches der mitte, die alles und somit auch dieses besser wissen, sind da mit entschiedenheit an-

derer meinung, und diese meinung, nicht more geometrico, sondern more metaphorico drucken wir hier ab::::::::
DAS FLUSSTAL DER WELT HEISST:
ZUM KINDSEIN ZURÜCKKEHREN.
ihr müßt wissen, daß lao-tzu, die mutter seines volkes, am anfang einen weiblichen körper schuf, in dem er mensch werden wollte.
dann verwandelte er sich in eine leuchtende perle, die vom himmel herabstieg,
um im bauch der mutter zu wohnen ... neunmal neun jahre lang sang er in dem warmen unterschlupf göttliche hymnen ... schon bei der geburt (mit einundachtzig jahren) hatte er weiße haare ... deshalb nennt man ihn auch lao-tzu, das alte kind. """"
das alte kind ist ein monstrum mensch, abgekürzt M.M. ...
von der niederung der (vers)füße brauchen wir hier nicht zu sprechen. wir bewegen uns im plural majestatis auf der höhe der kathedrale des kopfES fort.
scherbengericht IM scherbengesicht.
die maske davor (gasthaus frau welt), der mensch dahinter (geboren im zeichen der inneren wahrheit).
das ganze universum ist in FUNKENbarnarellen oder genauer: DSCHUNKE FUNKENbarnarella vollständig enthalten.
war da nicht etwas? doch, da war das „verbotene" zimmer ((wie die verbotene stadt)) in der villa im göttinger hainholzweg. dann waren da die rois-gardiens des points cardinaux ((die königlichen bewacher der himmelsrichtungen)) als bronze-statuetten auf der ablage des großen buffetts neben der standuhr, welche das eintönige ≈carpe horam≈ schlägt. wie oft hat barnarella als kind davor gestanden und sich wie in einer physikalischen versuchsanordnung in beziehung dazu gesetzt.
in china, wo alles und somit auch dieses besser gewußt wird, gibt es fünf (5) fünf himmelsrichtungen. die 5 (fünf) 5 ist eine für das reich der sinne verbindliche mitte.

these:
das ganze universum ist in der universa-lilie vollständig enthalten.
sie ist ... als tochter des großen EINEN natürliche kristallisation ((vgl. lapid-ar(t))) des ur=atems ((vgl. im atemzug)). sie wohnt inmitten einer wolke, die sich nämlich ins rote färbt,

      im
      B A R
      (celona)
      HAUPT.

schluß:
das linke auge barnarellas ist eine residenz. es ist die residenz des herzogs des ostens ((festdeutsch: fürsten von sui generis)).
das rechte auge beherbergt den palast der königinmutter des westens ((idiolektal: queen of table writers)).
der herzog ist handeln und kultur.
die königinmutter ist innere wahrheit und natur. sie regiert auf dem kirchturm der sagrada familia.
manchmal nennt man sie auch „„„geheimnisvolle jade"""" ((vgl. A... chate, B... erylle, C... hrysolithe ... verklären dein geschmeide)).
sie trägt burgunderpurpurschneckenrote kleider und mißt florentinergrüne neun zehntel zoll.

das utopische irgendwo hoch zwo:
die königinmutter natur des westens und der herzog kultur des ostens treffen sich im MUND im MUND im MUND der MUND hat einen gelben hof, wo sie sich vereinigen.
die vereinigung der sogenannten kammermusikalisch relevanten «««approche de concert»»» erfolgt im stil(L)stand.
aus ihrer begattung, geht ((idiolektal: wie es dem kom(m)

pass(t))) ein sohn mit dem namen: wahrer zinnober des südens hervor. dieser HIMMELSsohn ist der keim unserer unsterblichkeit. dieser keim trägt den namen stil-blüte. er wird besungen. die besingung hat die vortragsbezeichnung:
    ARIA
    APASSI-
    ONATA.

VIII,62

YAMA-
HADES-
BACH   =
    the destruction of death is a disguised blessing
    und die geburts wehe im todes ach.

ein DOPPEL(be)GRIFF

barnarella und cellophan bei YAMA-HADES-BACH, dem komponisten und todesgott im achEROS. der achEROS ist das liebestal des todes, ein todestal der liebe. es besteht fast nur aus noten: musik und glas. seine transpa-apparenz gleißt. die thanasie nennt diesen zustand: hinter den spiegeln. die maieutik bezeichnet sein gegenstück als: vor der wand. anders gesagt: dem ((festdeutsch)) furchtgang durch die wand entspricht die geburt und im spiegeltransit schlägt das mittelalterliche TÖDTLEIN, eine zierliche person, die stunde ≈≈≈de aliquis una tibi≈≈≈.

eine meisterschläferin ((idiolektal: mund/t/ere morphea)) und ihr tod.

ein gesteinsmaler und sein wächserenes gegenüber.
das dunkHELL.
wie übernatürlich hell es in diesem dunkel ist. asphodelisches lid und euangelisches auge rücken in der aria apassionata der goldberg-variationen, BWV 988, zusammen. barnarella an der vio-leine, phan am cello und der maestro j.s.bach, aufgelöst in töne, am yamaha-((festdeutsch: approche de concert))-flügel. er übernimmt den viola d'amore-part. der flügel bekommt flügel. geburtswehe im todesach.

vorsicht.
hochspannung.
  sChWeBeNs =
      GeFaHr!

die konzertante aufführung unter freiem HIMMEL, gesellschaft mit beschränkter haftung beginnt im dreivierteltakt mit g g a h a g fis e d für die geige, fis a e a für den amore-yama und g e für das violoncello. die ausführenden sind in den gang der polyphonen linienführung verstrickt. yama-hades-bach alias sieht bei herabgestimmtem bewußtsein aus wie der achte sohn des hof- und stadtmusikus johann ambrosius bach aus eisenach, dessen sippe insgesamt mehr als hundert (100) hundert musiker angehören. er hat bei heraufgestimmtem bewußtsein die engelskantate hervorgebracht.

 „ bleibt ihr engel
 ... bleibt bei mir
 ... führet mich auf beiden seiten,
 ... daß mein fuß nicht möge gleiten
 ... aber lehrt mich auch allhier
 ... unserm höchsten lob zu singen "

immer wieder das labyrinth mit der aufschrift **EXIT** wie ausgang wie exitus. oder festfranzösisch: la règle du je est la règle du jeu.
cellophan sagt: die einbildung lügt auf der zunge.
barnarella spielt.
nur durch das göttliche kann man — ohne zu gehen — ans ziel kommen und: verloren, auf wie lange noch als ((rest)) posten verloren, der boden unter den füßen?
bach schlägt die taste: lob, gewalt & preis & ehre.
cellophan streicht: unser mund und der ton der saiten.
diese gruft, der aufrecht ein baßschlüssel vorsteht, wird von geflügelten kreuzen bewacht.
barnarella denkt an eine musik aus tropfen. die gang ihrer ängste ist im geigenkasten hängen geblieben. es sind gangster darunter. cellophan hat angst vor dem leben nach dem l(i)eben.
yamas tasteninstrument besticht durch seine lupenrein geschliffenen diamanttöne. er ist selbst aus glas und die note cis > sic geht durch ein o wunder über o wunder in seinem leibe ein und aus und ein. das cis ist die dritte ((und wie gestochene)) note im violinpart der variatio nummer XXV mit der bezeichnung ADAGIO. dieses adagio, das in den goldbergvariationen schönberg ahnen läßt, ist requiem und resurrexitur in einem: nachruf auf eine liebe und wachruf einer liebe.
ihr sarg ist gläsern.
das (st)reich-TRIO im doppelgriff:
     morgue = gewächshaus.

VIII,63

        last call to barcelona
                oder:
              STERN &
              BLUME,
              GEIST &
              KLEID,
                LIEB,
              LEID &
              ZEIT &
              EWIG -
              KEIT.

ort:	das dach der stadt, hausmarke WELT.
personen:	fünf sängerknaben des klosters
	m=o=n=t=s=e=r=r=a=t
1 evoziert:	brich an, o schönes morgenlicht
	und laß den himmel tagen.
2 referiert:	eilt ihr stunden, eilt herbei,
	führet mich in jene auen.
3 deklamiert:	bereite DICH, corpus zion,
	mit zärtlichen trieben, den
	schönsten, den liebsten,
	bald bei DIR zu sehen.
4 tiriliert:	unser mund und ton der saiten.
5 jubiliert:	bleibt, ihr engel, bleibt
	bei mir, führet mich auf
	beiden seiten, daß mein fuß
	nicht möge gleiten, aber lehrt
	mich auch allhier ... lob
	zu singen.

es ist dunkHELL hier oben.

(k)ein spaltbreit vor den erleuchteten ((dritten)) augen zu sehen. wir befinden uns in der kathedrale ((des kopfes)) der SAGRADA FAMILIA auf der spitze der schwitterssäule in einem repräsentativen ausschnitt der WARE WELT.
hier ist die wahre welt. das kunstwerk ((mayröckers HEILIGENANSTALT)) hat sein wesen an dem heiligen scheine, der schechina der kabala, profan: aura: wie hoch und über allem überhaupt es hier oben ist. das ist wohl wahr: die warenhausgesellschaft """ HEAVEN LIMITED & company """, ein schiefes theater im turm von BARCELONYLON liegt nun unter ihnen.

w~i~s~d~o~m   c~o~m~e~s   o~n
w~i~n~g~s.

te decet hymen et reddetur coitum in barcelona.
ein geschlechtsakt zu gottes lob?
gebet im beischlafvollzug?
wo sind wir, wo (wohl)befinden wir uns?

da, das THEATER zur STUMMEN EKSTASE:::::
ekstatisch stumm.
dort die BUDE der VERZERRENDEN SPIEGEL:::::::
verzerrt spiegelnd.
hier das MUSEUM zur BILLIGEN ERSTARRNIS:::::::
billig erstarrt.
„... um sie die himmelskinder,
der seraphinen heer
zu ihrer macht und gegenwehr
gesetzet."

cellopahn liebt barnarellen und bezeigt es ihr im phalleyschen kometen.
barnarella liebt cellophan und bezeigt es ihm in der vagina beata.

beide stehen auf der höhe der stadt
auf der höhe der kunst
auf der höhe einer flüchtig sich verflüssigenden
stunde aus holz und sprechen tantrisch-yantrisch ihr
mantra:

UND BESÄSSEN WIR AUCH ALLES UND DAZU DER PERSER-
KÖNIGE REICH UND KÖNNTE MEIN ANTLITZ DEIN ANTLITZ
NICHT SCHAUEN, SIE WÄREN DEM FLÜGEL DER MÜCKE UNS
GLEICH.

versenkung. black out.
totale verdunkhellung = verwundung des hellen.
es vergeht kammermusikalisch viel zeit.

BARNARELLA ARCANA INCOGNITA ALL AMANTE CELLOPHANO
GRATIOSA ET FACETAMENTE EL FA SEGURO.

cellophan, alias dr. phil. habil., ruft eros an:

EROS VENI DULCIQUE E CORNIBUS VUA PENDEAT & SPICIS
TEMPORA CINGE CERES.
sein (G)lied steht.
wer ist immer im bild.
kein zweifel für little sister b., daß dieses glied am anfang
einer erektion steht, die am ende ganz barcelona mit sich
in die firma: CEL & CIE überführt.

MAN IS THE ONLY ANIMAL THAT SIMULATES REALITY &
BELIEVES IT.

festdeutsch: die realität oder wirre/kl/ICH/keit hat vor
dem dirigenten, gelobt sei sein name, keinen anderen
anspruch zu erheben als den einer (1er) einer textsorte
unter vielen.

das ist wagemutig formuliert. ja, geradezu eine gemeine herausforderung an den menschenverstand der gesunden dummheit.

wie feist der moloch lauscht, vor dem sich die liebenden ((amantes amentes)) nach der formel „"wolken werden wellen"" in die lichte höhe gerettet haben, um sich aneinander mit offenem mund und mit offener schamlippe, gespannter vorhaut und gestrafftem schaft gütlich zu tun.
++++ ja, wer hätte das gedacht
     dieses leben ((aus der konserve))
     das sich nicht vor der liebe scheut,
     sondern in ihr erträgt und enthält ++++
scheint bar zu gelingen.
barnarella: ich verstehe mich immer besser, je leiser cellophan von sich, von uns, zu mir spricht. — stimmengewirr.
und alle diese vielstimmen am polyphon sind ich.
zeitgleiche / eidotter / buccale betäubung.
cellophan: eine uhr, die nach der venus und mit der venus nachgeht oder, wie samuel charles leiermacher sagt: SIE blendet.
ES sie. SIE mich.
kein bloßes loses, sondern ein gelbes goldlicht.
gnadenregen auf eine eidotterweich sich verflüssigende stunde aus holz.
... oder DAS HERZKUNSTWERK IN DER FLAMME.

gereimte frage:
     BRENNT JETZT, WO SIE LUSTVOLL ERRICHTET /
     WURDE, DIE SÄULE AB, / UND SCHAUFELT DEN
     LIEBENDEN, DIE KUNSTVOLL ERDICHTET /
     WURDEN, IHR GRAB?

VIII,64

vierte tantrische nacht oder:
ein (E) rose ist eine (E) rose ist eine (E) rose von
BARcelloNYLON.

... die „„„eilt ihr stunden, eilt herbei, führet mich in jene a = u = e = n """" sind herbeigeeilt. doña corpus zion, eine frau mit der sonne im skorpion, femme cent têtes, hat sich bereitet, „„„den schönsten, den liebsten"""" bald bei sich zu sehen. sie schmückt sich mit dem blumenduft eines ((festlateinisch)) odorato cantabilene und rememoriert das tantrische mantra: ahhh, nahhh, yahhh, taunnn, zusatz: OB OM OV.
die rosen von barcelonylon sind ihre trompeten, tromben, rhomben, ombres ((schatten)). doña corpus Z. ist schamlos, aber keusch. ihre scham steigert sich klimatisch zur vollen blüte des satzes vom (G)runde: ein (E)rose ist eine erose, ist ein antiker eros, ist ein moderner eros, ist ein hirt des sturms, ist ein hirt des sturms auf seiner tramuntana scham gürtel, ist ein hirt des (s)TURMS hoch zu ross.
das tantrische mantra: OB OM OV kehrt wieder. er weht herein, blau, blau, kobald/t/blau sind seine farben. er ist so blau wie die verklärte nacht.

$w^a l_z e^r w_o g^e n_n o^t e_n schaum$.

ein wollustmaschinchen im diesseits.
die jen-saite der lust.
Niederholung der Wiederholung.
ER ist die lösung. die lösung ER wird ausgesprochen wie meines h e r z e n s h e r r. meines h e r z e n s h e r r ist „gegenwärtig", das heißt: gewärtig, gegenwärtig, gegenläufig nämlich sowohl vorwärts als rückwärts, seitwärts als einwärts gerichtet.

der antike eros ist ein strudel, der moderne ein turbu= lenz.
der antike eros macht ein präsent,
der moderne eros ist ein präsent.
angelus novulusque im präsens.
und daran weiden sich die auen.
daran messen ihn herbeigeeilte stunden.
daran ergötzt sich der enthülste sesam ((öffnet sich)):
das lösungswort der erlösung: der enthülste sesam öffnet
sich, ist gefunden!
ER(os) faßt den zügel wie ein gewebe, leder wie seide,
das „hart wie stein weich wie wachs".
ER(os) faßt den zügel wie ...
ein gewebe.
barnarella ist saumselig.
ihre handgewebte samt- & seiden-schatulle gleißt. dem
juwelenräuber obliegt der schatz des abecedarischen ge-
schmeides. das abecedarische geschmeide besteht aus
A ... chat, B ... eryll und C ... hrysolith.
es ist seiner augen weide.
froh, froh, froh, seine sinne.
diejenigen aber, die ausgebildete wonnen eingebildeten
sonnen zuschreiben, suchen das licht.
die (E)rose erblüht.
die (E)rose phanta-SIE faßt das gewebe wie einen zügel.
ahhh, nahhh, yahhh, taunnn, zusatz: OB, OM, OV.
sein gestirnter großer wagen führt empor empor endlos ins
himmelreich. das himmelreich ist aber ein markenfabrikat.
es trägt das gütesiegel: „HIMMEL erreicht".
auf dem dach der stadt mit großem majuskulösen B. sind
jene auen. jene auen sind im theater der wandlungen der
welt wandelgänge.
die wandelgänge hier gehören zur kathedrale der
SAGRADA FAMILIA.
SAGRADA
FAMILIA.

daran entzünden sich hochzeitsfackeln. es loht.
la communion se fait en silence.
ein herzkunstwerk gerät in brand.
steigerung ins ermeßliche?
vertikaler impakt? immer höher und höher hinauf?
ahhh, nahhh, yahhh, taunnn ...
türme türmen sich auf den turm. der turm türmt sich auf türme.
cellophan und barnarella, das juwelenpaar, nehmen den turm im sturm. mundharfe. windsbraut. sturmorgeln. die braut sieht orkan. den bräutigam weht ein lichterloh an. sie gehen auf und unter, ja, mal mit bedrücktem, aber immer mit großem herzen.
barnarella zum anthropomorphen gestein des GROTTEN-HAUSES: ich lege meinen schoß in seine hände.
er sagt ... cellophan sakrosankt: ich sage, aller guten dinge ist (D) eins.

*

schreiben als kunst des DIN-A4-bogenschießens
oder
wie barnarella (D) ichterloh in der flamme steht:
      e n
      e x
      e r
      g u
      e :
und das alles nur, weil ich im leeren arbeite.

... ganz im anfang sah ich immer nur das material der sprache. nach 3 (drei) 3 jahren der meditation vergaß ich die lettern, die ich zusammensetzen mußte.
magie des weißen blattes.
weiße magie des blattes.

vergleiche auch: UND LOSES BLATTWERK HEISST HIER SOVIEL WIE WELCHER VON ZETTELS TRÄUMEN (kap. **I**, frag. 1–8).
ein wunder über o wunder. plötzlich schießen alphabettlerin am buchstab und omegoistin zusammen.
glob ALL chymie.
glob ALL chymie.
heute, nach 16 (sechzehn) 16 jahren täglicher berufausübung am schreibtisch, marke tabula (PH) rasa, läßt sich meine rechte schreibhand im (dis)tanz der blätter des maulbeerbaumes im aufwind der nsprtn oder auch: i i a i o nur noch von meiner ((festdeutschen)) intuition und nicht mehr vom ((westdeutschen)) sprachgebrauch leiten.
vergleiche auch: DIE FÜLLE DER ZEICHEN ABER IST DIESE: BLUT (1), GESTEMPELTER BLÜTEN PRACHT (2), ... IN DER SCHEIDE (3) (kap. **II**, frag. 9–16).
para-phrases qui cognent à la vitre.
... cognent à la vitre.
... la vitre.
mein computer, commodore 64, ist der ort von haupt- & nebensätzen, der hort von hülle und fülle, speichelüberflüssen, herzensergüssen. er ist vierteilig, viereckig, durch & aus irdisch.
und das alles nur, weil ich im leeren arbeite.

ich kenne den inneren aufbau eines romans (=größere narrative komplexe) so genau, daß ich mich nur noch auf seine zäsuren, interstitien des wunders, konzentriere. mich interessiert der quasi-filmschnitt in der verbalen sequenz, der abriß des roten erzählfadens.
anders gesagt: ICH TUE BEI TAGE BLIND, WAS ICH BEI NACHT HELL SEHE (vgl. kap. **III**, frag. 17–24).
so erzeugt sich ein kontinuum mit den mitteln der diskontinuität. es bilden sich agglutinationen und agglomerationen mit den mitteln des scharfen schnitts.
achtung, ton ab, kamera läuft.

ein gewöhnlicher schriftsteller nutzt unsere aufmerksamkeit ab. ich verfremde die wahrnehmung, deren dauer ich hinausziehe.
vergleiche auch: EINE UHR, DIE NACH DER VENUS UND MIT DER VENUS NACHGEHT (kap. **I**, frag. **5**).

lassen SIE sich von der diskette:
A ... CHAT, B ... ERYLL & C ... HRYSOLITH VERKLÄREN (D)EIN GESCHMEIDE (kap. **IV**, frag. **25–32**) nicht täuschen. der wert der schatztruhen ist nicht der gegenwert der satztruhen und umgekehrt.
cellophan gibt alle juwelen der welt für den stein der weisen.
und das alles nur, weil er im leeren arbeitet.
    F I
    A T
    L U
    X !

barCE(L)Ona, die große stadt am llobregatfluß, welche ihn, CELLOphan, in mich, BAR.....NArella einschließt, ist ein ort des leuchtens.
vergleiche auch: DIEJENIGEN ABER, WELCHE EINGEBILDETE SONNEN AUSGEBILDETEN WONNEN ZUSCHREIBEN, SUCHEN DAS LICHT (kap. **I**, frag. **8**).
auch finden sie – gegebenenfalls mit hilfe des barceloskops – zur guten stunde hierher.
vergleiche auch: GNADENREGEN AUF EINE EIDOTTERWEICH SICH VERFLÜSSIGENDE STUNDE AUS HOLZ (kap. **VI**, frag. **41–48**).
und das alles, von alpha bis omega nur, weil ich im leeren arbeite.
die don kurt schwitterssche ursonate bettelt am buchstab ==*== aber sie trägt weit. zum freien geleit wurde meiner erzählung aus tausendund u n s e r e r nacht, die zu einer er-

zählung aus tausendund euren nächten werden könnte, verehrter sultan leser und sultanine leserin, eine lyrische formel, die formel: HERZWÄRTS VIA LORBEERROSEN (vgl. kap. **VII**, frag. 49–57) beigegeben. roland barthes' kampfbegriff:
le degré zéro de l'écriture
kehrt als
le degré eros de l'écriture
singend wieder.
worum geht es bei unserer begegnung zwischen den künsten (meiner dichtung und deiner malerei), estimat cellophan, denn anderes als um die geradezu kosmische steigerung ins ermeßliche?
doch zurück zum thema: schreiben als kunst des DIN-A 4-BOGENSCHIESSENS.
wenn SIE auf die wiedergabe einer wahrheit mit den beschränkten mitteln des wortes zielen, lieber LESER, liebe LESERIN, dann denken SIE daran, wie lao-tzu, die mutter des volkes, es machte. („"es"" ist eine gemeine herausforderung an den menschenverstand der gesunden dummheit.)
„er hielt seine hand so fest, daß aus einer vollen wasserschale, die auf sein gelenk geschnallt war, kein tropfen überschwappte, wenn er den einfall, den gedanken, den satz zu papier brachte, um den es ging. ((selten waren die übergänge wie hier von gebaut und gebenedeit wie dort so fließend.)) und jedes wort sitzt im ewigen präsens in der zielscheibe der wahrheit und löst sich davon auch nicht einen deut ab."

≈≈≈

nachwort ≈ lachwort

die gute nachricht vorweg:
barnarella ist nicht verbrannt, an ihr scheitert der haufen,
sondern – da steckt SONNE drin – sie ist brandneugeboren.
das nennt der lateiner: ardens sed virens, zu deutsch: in
der flamme grün.
und hans im glück, der im ganzen roman nicht vorkommt,
nennt es: aschenPUTTE wird phoeNIXE.
unglaublich: barnarella nicht verbrannt, hat ihr buch nicht
selbst geschrieben, sondern es von einem redaktionskomitee zugeschrieben bekommen. ihr wird ihr eigenes werk
zugeschrieben.
das ist neu. ganz einfach, sagt barnarella:
das lob für mich, der tadel fürs komitee.
die erleuchtung für mich und die ablenkung für die andern. so sei's denn.
und was macht barnarella geheilt, frisch wie ein junger
ginkgo?
was stellt die silbeNpappel mit uns an?
vergleiche d.p.a. foto kristina jentzsch vom 2ten2ten2tausendund2: sie bläst seiTenblasen. es sind viele.
auf einer davon steht zu lesen: love is in the air.
auf einer zweiten: trust in love energy.
auf einer dritten: all I ask is to love for ever.
und auf keiner seiTenblase steht:
this book has been written with only one person in mind:
you.
may the circle of its usefulness widen finitely.

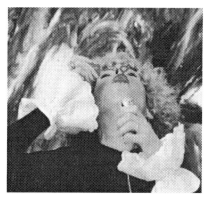

barnarella läßt die vorstellung
für SIE seitenblasen

dankeschönchen –
das wunder der wandlung

wie konnte es geschehen? wie konnte es geschehen – ohne den wiener passagen verlag mit dr. peter engelmann (aus berlin) an der spitze, mit dr. johanna hofleitner in der mitten. nein, es konnte mit ohne, ohne mit nicht geschehen. hat doch der walfisch seine laus (j.w. goethe), will ich auch meine haben (j.w. ginka).
lieber leser, liebe leserin, SIE wissen zu beginn der lektüre gar nicht, was in IHNEN steckt. jetzt wissen SIE es. wenn SIE noch mehr wissen wollen, dann müssen SIE otto johannes doppeladler fragen, den besten leser, den ich kenne. er ist kein leser, sondern laser. er holt die verlorenen linien aus dem text heraus. oja. ojaja. o.jot.a.
aber denken SIE nicht, daß er mich immer ungeschoren davonläßt.
ein verleger: peter engelmann.
ein leser: otto johannes doppeladler. zwei ich hab'sburger par excellence. oja. ojaja.
torsten torSTERN flüh sagt, er sei der sarottimohr. S.A.R.otti amor. seine kaiserliche und königliche hoheit, schokoladenmohr der liebe torsten torSTERN flüh ist der erste, der sich im roman erkennt.
er hat ihn über die sieben jahre seiner entstehung hin begleitet und kann daher vor dem verfassungsgeDicht als sein verfasser gelten.
oja. ojaja.
A B C lice. D E Fee. das wunder der wandlung hat seine gute fee.
barnarella nennt sie A B C lice, und so wird sie wohl auch in die geschichte der europäischen literatur eingehen. denn barnarella ist unter anderem auch ein europaroman. der erste roman deutscher zunge, der katalanisch spricht. und französisch und spanisch und englisch. wie es ginkalitzchen gibt, so auch A B C lice.
doktor claudia mazanek D E Fee. eine gute FEE. und was für eine.
ohne sie wären die buchstaben keine stonezeichen geworden. ihre augen sind meine weide.
schLießen SIE nicht auf die autorin.
dankeschönchen – das wunder der wandlung